KB082982

소중한 마음을 가득 담아서

_____ 님께 드립니다.

STICK **사랑합니다. 스틱!** 스틱은 당신을 응원합니다.
가까이 있는 당신을 생각합니다. 멀리 있는 그대를 그리워합니다. 가족을 사랑합니다.

지은이 김용원

중학생 시절부터 커서 시인이 된다면 세상에 부러울 것이 더 없을 것이라고 생각하며 성장했다. 논문은 물론이고 시, 수필, 소설, 평론, 칼럼, 시나리오 등 장르를 불문하고 글쓰기 모든 영역의 창작활동을 지향하고 있다. 매년 책을 한 권씩 낼 만큼 왕성한 창작활동을 이어오고 있으며 『어머니의 전쟁』을 쓰고 난 이후부터 '좋은 작품은 운명처럼 찾아온다.'라는 신조를 갖게 된다. 검은색과 창이 넓고 천장 높은 장소에서 글 쓰는 것을 좋아한다. 평소 걷는 것을 즐기며, 특히 강과 바닷가를 배회하며 일상을 반성하고 새로운 결단을 하는 습관이 있다. 시대의 고민을 허심탄회하게 얘기하고, 이 땅에 사는 힘든 사람들에게 꿈과 용기, 희망을 불어넣어 주는 작가가 되기를 꿈꾼다.

숭실대 대학원에서 가족법을 전공하여 박사학위를 받았으며, 문학에 대한 그의 열망은 시인, 작가로서의 길을 걷게 했다. 저서로는 『남편의 반성문』 시집 『시가전』 『당신의 말이 들리기 시작했다』와 소설 『어머니의 전쟁』 에세이집 『언젠가는 엄마에게』 『닮다 그리고 닮다』 『곁에 두고 읽는 손자병법』이 있다. 부경대, 숭실대 법과대학 강사를 역임했다.

우리 시대를 위한 진혼곡,

대통령의 소풍

죽어서도
세상을
지배하는 자
소설
노무현

STiCK

김용원 지음

우리 시대를 위한 진혼곡

대통령의 소풍

초판 1쇄 인쇄 2017년 3월 13일
초판 1쇄 발행 2017년 3월 20일
지은이 김용원

발행인 임영묵 | **발행처** 스틱(STICKPUB) | **출판등록** 2014년 2월 17일 제2014-000196호
주소 (10353) 경기도 고양시 일산서구 일중로 17, 201-3호 (일산동, 포오스프라자)
전화 070-4200-5668 | **팩스** (031) 8038-4587 | **이메일** stickbond@naver.com
ISBN 979-11-87197-16-4 (03810)

Copyright ⓒ 2017 by STICKPUB Company All rights reserved.
First edition Printed 2017. Printed in Korea.

• 이 도서는 저작권법에 따라 보호받는 저작물이므로 무단전재와 무단복제를 금합니다. 이 도서 내용의 전부 또는
  일부를 재사용하려면 반드시 저작권자와 스틱(STICKPUB) 양측의 서면 동의를 받아야 합니다.

• 이 도서에 사용한 문화콘텐츠에 대한 권리는 각 개인 및 회사, 해당 업체에 있습니다. 연락이 닿지 않아 부득이하게
  저작권자의 동의를 받지 못한 콘텐츠는 확인되는 대로 허가 절차를 밟겠습니다.

• 잘못된 도서는 구매한 서점에서 바꿔 드립니다.

• 도서 가격은 뒤표지에 있습니다.

• 이 도서의 국립중앙도서관 출판예정도서목록(CIP)은 서지정보유통지원시스템 홈페이지(http://seoji.nl.go.kr)와 국
  가자료공동목록시스템(http://www.nl.go.kr/kolisnet)에서 이용하실 수 있습니다.(CIP제어번호: CIP2017003408)

[원고투고] stickbond@naver.com
출간 아이디어 및 집필원고를 보내주시면 정성스럽게 검토 후 연락드립니다. 저자소개, 제목, 출간의도, 핵심내용 및 특
징, 목차, 원고샘플(또는 전체원고), 연락처 등을 이메일로 보내주세요. 문은 언제나 열려 있습니다. 주저하지 말고 힘차
게 들어오세요. 출간의 길도 활짝 열립니다.

스티드-사반호 SO27 | 표지(주)금강미디어필름 백색 210g/㎡ | 면지(주)금강미디어 백색지 100g/㎡

생(生)과 사(死)

3월은 잔인한 달이었다. 와야 할 것은 어서 와야 했고, 가야 할 것은 빨리 가야만 했다. 하지만 3월은 어느 누구의 편도 아니었고 호락호락하지도 않았다. 밀고 밀리는 틈바구니에서 자신이 떠나가야 할 때를 가늠하고 있었다. 얼음왕국의 제왕은 하루가 다르게 찬기를 가시는 바람에 가슴을 쓸어내려야 했고, 봄에 목이 말라 하는 편에서는 3월에 내리는 눈에 절망해야만 했다.

사는 것은 결국 기 싸움이었다. 봄과 겨울의 중간에서 양편은 서로 피를 흘리며 물어뜯으면서 싸웠고, 그들의 싸움은 모두가 나라와 민족을 위한 것이라고 했다.

봄꽃이 피고 진눈깨비가 날리는 알 수 없는 3월의 저편 너머에 이 나라 생존이 걸려 있었다. 갈 것은 서둘러 가야 하고, 올 것은 빨리 와야만 했다. 그러나 3월은 누구 편도 아니었다. 네가 죽고 내가 사는 길과 내가 죽고 네가 사는 길이 3월의 너머에 있었다.

그 길은 대통령과 국가의 존폐를 가르는 길이기도 했지만 범부 삶의 생사도 가르기는 마찬가지였다.

이 땅에 살아 숨 쉬는 생명이 있는 그들의 위태로운 날들을 생각했다. 한 가정을 지키고자 하는 수많은 가장의 고뇌, 임진왜란의 이순신과 병자호란 때 인조대왕의 고뇌, 그리고 탄핵결정을 앞에 두었던 노무현과 박근혜 대통령의 고뇌. 이것은 서로 다른 것이 아니었다.

그들은 만물이 생동하는 봄날이 왔을 때 활짝 피지는 못할지라도 살아남아서 우주의 생명으로나마 존재하고 싶었다. 좋은 세상을 두고 한겨울의 추위 속에서 쓸쓸히 쓰러지는 것이 원통할 뿐이었다.

노무현의 탄핵 시 인수문에 갇혀 있었던 그의 인간적 고뇌가 궁금했다. 그리고 13년의 세월이 지난 지금 또다시 인수문 밖에 나오기가 망설여지는 박근혜 대통령의 생사를 가를 시간들을 생각해 보았다.

그때 나는 왠지 모르게 임진왜란 당시의 이순신과 병자호란 때 남한산성으로 숨어 들어가 삶과 죽음의 갈림길에서 고뇌해야만 했던 인조대왕이 생각났다. 그것은 그들만의 문제가 아니었고, 오늘날 우리가 선택해야만 하는 절박한 문제이기도 했다.

사람들이 어떤 말을 하고 어떤 행동을 하는가 하는 것은 자유지만, 거기에는 언제나 심판이 따른다. 피조물이 피조물인 까닭은 자신의 처지를 모르고 자신 마음대로 일을 주관해 나가기 때문이다.

인간은 실수를 하고 죄를 짓는다. 신은 언제나 그것에 대해 심판하고 때로는 용서를 한다. 이 땅에서의 유한함과 심판의 영원함을 생각한다면 우리는 결코 교만할 수가 없다.

우리들 앞에 놓인 영광스러운 삶뿐만 아니라 치욕스러운 삶도 모두 우리들의 삶이다. 둘 중에 취사선택을 하여 어느 하나의 삶을 의미 없다고 하거나 버리는 것은 우리들이 취할 자세가 아니다.

반드시 기억해야 할 일은 자신이 짊어지고 간 삶에 관해서는 책임을 통감하고 합당한 책임을 져야 한다. 그것이 신이 인간에게 던진 명령이고 의무다. 삶에는 언제나 영욕이 교차한다. 우리가 그 사실을 안다면 진정 자유로울 수 있다.

나는 3월 너머에 어떤 고난의 삶이 찾아오더라도 그것을 거부하지 않고 받아들이며 살아내겠다고 결심했다. 그것이 영광의 순간뿐만 아니라 설령 치욕스러운 것이라 하더라도 그것은 나를 성숙하게 만들 자양분이기 때문이다.

_김용원 씀

차례

† 일러두기

대통령 탄핵을 앞두고 정치권과 국민이 첨예하게 대립하고 있는 이 시기에 작품을 내놓게 되어 마음이 무겁다. 이 작품은 몇 년 전 영화진흥위원회 시나리오마켓에 올렸던 작품을 손본 것이다. 이 나라 최고의 통치권력자가 한 번도 아니고 두 번씩이나 탄핵소추되어 헌법재판소의 판결을 기다리며 청와대 인수문 안에 갇힌 아이러니와 정치사법기관으로서 법과 정치의 절묘한 비율을 저울질하며 이 나라의 운명을 가냘픈 두 어깨에 짊어져야만 하는 헌법재판소 재판관들에 대한 연민을 느꼈다.

작가로서 이 순간 그들의 고뇌와 나라의 운명 앞에 침묵할 수가 없었다. 나는 이 바보공화국의 역사가 또다시 되풀이되지 않기를 바라는 마음뿐이며 누구를 편들고 싶은 마음은 추호도 없다. 이 작품은 노무현 대통령을 모델로 하여 허구적으로 구성한 것이다. 여기서 무슨 사건이나 인물의 진위 및 평가를 논하려 하는 것은 난센스며 그냥 소설로 읽어주길 바란다. 작품의 시대적 이해와 구성을 위해 다음과 같은 자료들을 참고했음을 밝힌다.

† 참고자료

- 김훈의 소설들 : 『칼의 노래』(생각의 나무, 2010), 『남한산성』(학고재, 2011)
- 문재인 : 『문재인의 운명』(가교, 2011)
- 박관용 : 『다시 탄핵이 와도 나는 의사봉을 잡겠다』(아침나라, 2005)
- 노무현 대통령 탄핵인용문(헌법재판소 전원재판부, 2004)
- 김용원 : 시나리오 〈노란국화〉(영화진흥위원회 시나리오마켓, 2014)

† 주요 등장인물

- 강철중 : 대한민국 대통령
- 최희숙 : 영부인
- 박재강 : 대통령의 친구, 변호사. 전 민정수석으로 박 수석으로 호칭하기로 함
- 이재호 : 대통령 비서실장
- 이순구 : 여당인 열민당 대표. 열민당은 강철중이 대한당을 탈당해 만든 정당
- 최영철 : 제1야당인 민국당 대표
- 정준형 : 제2야당인 대한당 대표. 대한당은 강철중이 탈당해서 제2야당으로 전락한 정당
- 나동수 : 제3야당인 국사당 대표
- 박관칠 : 민국당 출신 국회의장
- 이성진 : 국무총리. 강철중 탄핵 시 대통령권한대행

1

모난 돌의 맹세

석수장이가 쇠 빛이 감도는 금강석을 정으로 치며 다듬어 가고 있었다. 크고 사각 진 돌의 모난 부분들을 사정없이 내려치자 돌덩이들이 맥없이 떨어져 나갔다. 모가 난 것들은 지체 없이 정을 맞고 나가떨어지는 것이 세상의 이치와 하나도 다르지 않았다. 정을 다루는 자는 조금만 다르거나 이상하다는 낌새를 느낄 때면 사정없이 찍어내었다. 다른 것들을 그냥 그대로 내버려 둘 수가 없었다. 그래서 그런지 사람들은 나이가 들어 정의 맛을 알아갈 때쯤이면 알아서 석수장이 앞에 줄을 서고 알아서 기는 일에 익숙해져 갔다. 날이 저물자 철중이네 집 굴뚝에서 저녁밥 짓는 연기가 피어올랐다.

　—철중아, 모난 돌이 정 맞는다는 말이 있다 아이가. 니는 어데 가서도 둥글둥글하게 살고, 누가 뭐하자 하면 예~ 예~ 하고 군말 없이 하거래이!
　—어무이 인자 그만하이소! 어무이는 그 말 말고는 할 말이 없는가 보지예!

—느그, 아버지 매이로 똥고집 부리다가 인생 종친데이. 사람이 때에 따라서
　는 숙일지도 알아야 하는 기라!
—아부지가 남자는 자존심 잃지 말고 남의 곁불 쬐지 말라고 하시던데 예!
—그라니께 너거 아부지는 평생 밥벌이도 못하고 우리를 이리 고생시키는
　거 아이가!

　늘 철중과 어머니의 이야기는 이런 식이었다. 어머니의 이야기대로라
면 철중의 앞길에 희망은 없어 보였다. 송충이는 솔잎만 먹어야 하고 허
튼 생각을 하지 말아야 했다. 철중은 그것이 참을 수 없었다.

　집을 나온 철중은 고등학교 졸업반 동기이기도 한 정열이네 집으로 발
길을 돌렸다. 정열이 집 대문을 열고 들어가자 정열이는 툇마루에 걸터앉
아 심각한 듯 먼 산을 바라보고 있었다.

　막 고등학교 입학시험을 치른 정열이의 여동생 월숙이가 기둥에 몸을
기댄 채 서럽게 흐느끼고 있었다. 집 안으로 들어선 철중은 이 스산한 풍
경에 숨이 막혀왔다.

—정열아! 월숙이는 와 저리 서럽게 울고 있노? 그동안 무슨 일이라도
　있었나?
—말도 마라, 내사 마음이 아프다 아이가?
—말해 보거라, 우리 사이에 못할 말이 뭐가 있노?
—말하면 뭐하겠노? 해결도 안 될 거….
—무슨 일인데?
—월숙이가 수재들이 간다는 한국여고에 붙어 놓고도 등록금이 없어 저란

다 아이가. 집에 이야기해봤자 뾰쪽한 수가 있는 것도 아이고….

— 그기 얼맨데, 언제까진데?

— 니가 그거는 알아서 뭐 할 낀데?

철중은 주머니 속에 어머니가 임씨에게 갖다 주라고 한 지폐를 만지작거리고 있었다. 그때 어머니의 목소리가 또렷이 들려왔다.

— (작년에 암소 살 때 아랫마을 임씨한테 빌린 돈인데, 인자 소를 팔았으니까 어무이가 감사하다고 하더라고 꼭 말씀드리고 이 돈 갖다 드려라. 그 사람 없었으면 우리는 벌써 목구멍에 거미줄치고 죽었다 아이가!)

철중은 알았다고 대답하고 집을 나와 정열이 집을 찾았었다. 철중은 갈등하고 있었다. 그리고 이 갈등의 순간에서 그는 어머니의 신신당부를 물리치고 자기 생각대로 하기로 결심하는 데에는 별 고민을 하지 않아도 되었다.

— 정열아! 내 마음 변하기 전에 이 돈 빨리 받아라. 얼른 가서 이 돈으로 숙이 공납금을 납부해라. 그라고 이 돈 절대 내한테서 받았다는 이야기는 아무한테도 하면 안 된다! 알았제?

정열과 월숙은 깜짝 놀랐다. 철중의 주머니에서 공납금에 소용되는 돈이 갑자기 나오리라고는 꿈도 꿀 수 없는 일이었기 때문이었다. 갑작스러운 철중의 행동에 정열과 월숙은 입이 다물어지지 않았다. 어머니가 임씨에게 갖다 주라고 한 돈을 월숙이의 등록금으로 건넨 철중은 밤늦도록 집에 들어가지 못하고 거리를 걸으며 방황을 해야만 했다.

밤 10시가 다 되어 갈 때 즈음이 되어서야 어쩔 수 없이 철중도 집으로 발길을 돌렸다. 앞으로 기운 삐걱거리는 나무 대문을 젖히고 들어서자 어머니는 마당과 부엌에 불을 밝힌 채 눈이 빠지라고 철중이 오기만을 기다리고 있었다.

— 와 이래 늦었노? 무슨 일이 있었나?

— 먼 일이 좀 있었어예….

— 무슨 일인데? 그건 그렇고 낮에 내가 준 돈 임씨한테 잘 갖다 주었제?

— 그기~요….

— 그기라니…. 야야, 무신 말이고!

— 길에서 잃어 먹었어예. 종일 왔던 길을 찾았는데도 안 보여예.

— 그걸 잃어 먹어?! 아이쿠야 큰일 났구먼! 야야, 그기 어떤 돈인데, 그기 어떤 돈인데….

어머니에게는 돈이 생명줄이었다. 그건 땀이었고 피였으며 땅을 딛고 설 수 있는 비빌 언덕이었다. 돈이 사라진 것은 목숨 줄이 사라진 것이나 마찬가지였다. 사태가 심각해지는 것을 눈치챈 철중은 어머니의 절규에 가까운 불규칙적인 고함을 뒤로 한 채 집을 뛰쳐나왔다.

철중은 담 모퉁이를 돌아 뒷산 부엉이바위를 향해 한걸음에 뛰어 올라갔다. 칠흑같이 어둔 밤하늘에는 촘촘히 박힌 별들이 금세라도 쏟아질 듯 무수히 물결치고 있었고, 영롱한 달빛은 철중의 아픈 마음을 위로하며 부드럽게 빛나고 있었다. 철중은 저 멀리 어둠 속에서 불 켜진 자신의 집을 내려다보았다.

마당에는 어머니가 왔다 갔다 하는 모습이 보였다. 철중은 가슴이 아팠다. 공납금이 없어 학교에 가지 못하는 친구 동생을 생각하면 슬펐고, 돈을 잃어버렸다는 소리를 듣고 허둥대는 어머니를 생각하면 또 슬펐다.

철중은 왜 자기가 이런 가련한 사람들의 중간에 끼어서 아파하며 갈등해야 하는지에 대해서도 이해할 수가 없었다. 철중은 고개를 처박고 흐느꼈다. 눈물은 짰다. 눈물처럼 세상은 서럽고 짠맛을 내는 곳이었다.

— (사는 일이 와 이렇게 힘이 드노? 좋은 일을 하고도 집을 나와 밤에 혼자 서럽게 울어야만 하는 이런 것이 인생이가?)

이상한 일이었다. 밤늦은 시각 부엉이바위에 올라와 울어야 하는 자신의 처지가 서러웠지만, 가슴속에는 불덩이 같은 것이 올라와 전신을 따뜻하게 데우고 있었다.

— (내사 아무리 어렵게 산다 하더라도 앞으로 좋은 일을 하면서 살 끼다!)

2

격랑의 예고

준형은 제2야당인 대한당의 새 대표로 선출되어 기자들 앞에서 취임기자 회견을 열고 있는 중이었다. 대한당은 원래 철중이 속해 있었던 제1야당으로 철중을 대통령으로 배출한 정당이었다.

하지만 철중이 대통령이 된 후 뜻이 맞지 않다고 하여 지지자들과 더불어 열민당을 만들어 나감으로써 대한당은 현재 민국당에 이은 제2야당으로 전락한 아픈 사연을 가지고 있었다.

— 금번 당 대표로 당선된 것을 축하드립니다.

— 감사합니다.

— 대한당은 원래 대통령을 만든 정당인데 지금은 의견차이로 대통령과 뜻을 같이하는 사람들이 열민당을 만들어 나가는 바람에 분당이 되어 어려움을 맞고 있습니다. 많은 사람들은 평소에 원칙과 소신을 강조해 오신 대표님이 대한당의 새 대표가 되셔서 앞으로 강철중 대통령과의 관계가 어

려울 것으로 내다보고 있습니다만….

─ 예, 저는 지난 대선 때 누구보다도 강철중 후보를 대통령으로 만들기 위해
뛴 사람입니다. 어제 강철중 대통령의 연두기자회견에서 우리 대한당을
수구보수 집단으로 표현하는 것을 보고 놀랐습니다. '사람 정말 많이 변했
구나.'라는 생각에 배신감마저 느꼈습니다.

─ 배신감을 느끼셨다면?

─ 생각해 보십시오. 지난 대선에서 우리 당은 최초로 국민경선을 통해 강철
중 후보를 대통령으로 만들기 위해 최선을 다했다는 것은 삼척동자들도
다 아는 일입니다.

그랬다. 지난겨울 이른 새벽부터 추위에 떨면서 강철중을 당선시키기
위해 애를 썼다. 자원봉사자들은 새벽부터 노란색 옷을 걸쳐 입고 박스를
주워다가 불을 피우며 그 주변에 모여 겯불을 쬐면서 고생고생하며 선거
운동을 해왔다. 애를 쓰던 선거운동원들의 눈물겨운 모습이 떠오르자, 준
형은 강철중을 용서해서는 안 된다는 생각과 배신감이 더 깊어졌다.

─ 그런데 그런 강철중 대통령이 집을 뛰쳐나가더니만 떡 하니 딴살림을
차리고 지금 와서는 조강지처인 우리 대한당을 악처라면서 떠들어 대고
다닙니다. 지렁이도 밟으면 꿈틀한다는데 가만히 보고 있을 사람이 누
가 있겠습니까?

─ 대표님께서는 강철중 대통령에게 선거개입을 즉각 중단하고 사과하라
고 하셨는데?

─ 분당 이후 선거를 앞두고 자기가 새로 만든 열민당을 지지해달라고 하

지를 않나 우리 대한당을 찍으면 제1야당인 민국당을 돕는 것이라고 하지를 않나, 우리 대한당을 죽이려고 작정을 하지 않았다면 이 시점에서 대통령이라는 사람이 TV에 나와서 할 수 있는 이야깁니까?

— 그럼 대통령에게 책임을 묻기라도 하겠다는 것입니까?

— 예, 3월 7일까지 사과와 재발방지 약속을 하지 않는다면 법적인 책임을 물을 것입니다.

— 좀 더 구체적으로 말씀해 주십시오!

— 마, 그건 앞으로 차차 알게 될 겁니다.

3

판도라의 상자

철중은 자신의 정체성을 실용주의라고 하였지만, 사람들은 그의 젊은 시절부터의 행보를 보아 진보로 분류했다. 1987년 8월의 한여름. 그는 대우조선 분규현장에서 '철의 노동자'를 부르고 있는 노동자들의 틈새에 끼어 있었다.

그의 머리에는 붉은 글씨로 '단결'이라고 쓴 머리띠를 두르고 근로자들과 함께 땅바닥에 주저앉아 전경들과 대치 중이었다.

그의 신분은 변호사였고 노동변호 의뢰인들을 만나러 왔다가 시위에 가담한 터였다. 일단 무슨 일에든 공감하면 그는 체면이고 뭐고를 가릴 것 없이 행동했다. 그는 플래카드와 만장이 어지러이 나부끼는 대치전선의 선두에서 마이크를 잡고 시위대를 독려하고 있었다.

이때 갑자기 건너편 검은색 페퍼포그(Pepper Fog, 시위진압용 최루가스) 차량에서 붉은 화염을 뿜으며 최루탄이 날아와 터지자 앞을 분간할 수 없을 정도로 포연이 날리고 노동자들은 썰물처럼 흩어졌다.

그들은 밀고 밀리며 지리한 싸움을 이어가고 있었다. 경찰은 시위대를 폭도로 몰았고, 시위대는 진압경찰을 정권의 개라며 폭력경찰로 몰았다.

시위현장을 빠져나와 태연하게 다시 사무실로 돌아온 강철중. 사무실 출입문에는 〈합동법률사무소 부산〉이라는 간판에 강철중·박재강이라는 이름이 쓰여 있었다.

사무실 안에서는 철중과 사무장이 산더미처럼 쌓인 노동조합 설립신고서를 작성하고 있었고 그 옆에는 상담하러 온 사람들이 여럿이 진을 치고 있었다.

철중은 근로자들의 권익을 위해 일했고, 그러기 위해서는 노동조합이 설립되어야 한다는 것을 절감했다. 근로자들을 위해 몸을 사리지 않고 일 했으며 근로자들은 강철중의 이런 노력을 알고 그에게 몰려왔다. 부산, 경남에서 이름이 알려지기 시작하자 정치판에서는 그의 존재를 눈여겨보기 시작했다.

그러던 어느 날 퇴근해서 밤늦은 시각 집으로 돌아온 강철중은 몹시 흥분해 있었다. 철중은 집 안으로 들어서자마자 다급하게 아내 희숙을 찾았다.

―여보! 내 좀 봅시다. 내 긴히 할 말이 있어요!

부엌에서 설거지를 거의 다 마치고 손에 물기를 털어내며 희숙은 철중이 있는 방 안으로 들어섰다.

―갑자기 무슨 일인기요?

— 노동운동 변호로 부산, 경남에서는 이름이 꽤나 알려지다 보니까 김 총재
   님이 나를 보고 정치를 한번 해보라고 권유하는데 우짜면 좋겠노?

희숙은 어이가 없다는 듯 철중을 노려보았다. 그 눈빛에는 정치는 아무
나 하는 것이 아니라 위험한 물건이므로 가까이 가지 말라는 경고였다.

— 당신, 요즘 들어 부쩍 노동운동 변호한다고 도깨비처럼 다니는 기 불안하
   다 아입니까. 뭐, 정치는 아무나 합니까?
— 내가 노동운동 하다 보이까 정치를 하게 되면 힘이 들기야 하겠지만 어려
   운 사람들도 돕고 나쁜 사람들을 혼내주는 법도 만들 수 있어 얼마나 좋을
   까 하는 생각이 들기도 했다.

희숙은 악을 쓰다시피 하며 반대했다.

— 안 된다! 절.대. 안 된다!
— 와 안 되는데?

독기를 품은 희숙이 철중을 향해 마구 퍼붓기 시작했다.

— 그걸 몰라 묻나? 안 된다 안~ 돼. 정치하면 나는 아들 데불고 집을 나가 뿌
   릴 끼다! 당신 또 그 지랄병이 도져서 그라제?
— 니는 다 좋은데 내가 출세를 할라카먼 꼭 못하게 하더라!
— 내가 언~ 제?

― 고시공부할 때도 그 힘든 공부 뭐하러 하느냐고 지랄을 떨어서 김을 팍팍

　빼던 기 누군데?

― 그거하고 정치하고 같나? 정치하는 그기. 당신 눈에는 출세하는 거로 보

　이나 말이다? 정치를 해 가지고 패가망신하는 사람들 두 눈 뜨고도 못 보

　나, 빙신아! 그기 다~ 집구석 망쳐 먹는 짓인 기라!

희숙의 막무가내에 열을 받은 철중 역시 이판사판으로 맞섰다.

― 내가 출세하면 좋은 여자 만나서 니 곁을 영.영. 떠날까 봐 그게 무서버서

　그라제?

― 미.친.놈!

왜 그런 생각이 들었는지는 모를 일이었지만 희숙이 생각하기에 철중
은 정치를 해서는 안 되는 사람이었다.

그래서 희숙은 철중이 정치의 길로 발을 들여 놓지 못하게 필사적으로
막아야 한다는 생각뿐이었다. 철중은 희숙에게서조차 지지를 받지 못하
는 자신의 처지에 열불이 났다.

― 나는 니가 잘 되니까 좋더구만! 니는 와 그리 비비꼬였는데?

― 시끄럽다! 정치 그거 아무나 하는 건 줄 아나? 당신이 뭐가 있노 말이다.

　불알 두 쪽 가지고 정치를 할라고?

― 니가 뭘 안다고 아는 체고?

― 와? 내가 모르노? 작은 아버지가 정치한다고 설치다가 시퍼렇게 살아있

는 여당 실세한테 보복당해 가지고 평생 모은 사업체 다 날리고, 세무조사까지 받고 감방 가서 고생하는 거 다 봤는데 더 이상 무슨 이야기를 듣고 싶은데? 당신 같은 사람이 정치하면 몸이 상한다. 꼭 당해봐야 그 쓴맛을 알겠나?

— 까불지 마라, 이런 기회는 다.시.는. 안 온다!

— 마누라말 들으면 죽다가도 살아난다. 내 말 흘려듣지 말고 꼭 귀담아 들어라!

— 니가 뭐라 캐도 나는 꼭 할 끼다! 니는 힘없는 따라지들의 서러움을 안 겪어봐서 모른다.

— 송충이는 솔잎을 먹어야 한다는 말이 우째 생겨났겠노?

희숙은 철중이 험난한 길로 나가는 것이 안타깝기도 했고 두렵기도 했다. 정치는 거짓과 배반과 위선과 증오와 모든 부정적인 단어들을 거리낌 없이 사용하는 사기꾼들이 가는 길이었다.

하지만 심성이 여린 내 남편이 그 길에 들어섰다가는 도중에 부서져 버릴 것만 같은 두려움이 엄습했기 때문이었을까. 그것은 여자로서 느끼는 불길한 직관이었다. 하지만 아직은 자신감이 있었고, 인정받고 싶었고 떵떵거리며 못살았던 때의 한을 풀고 싶었던 철중은 그런 희숙의 반대가 자기의 출세를 방해하는 것으로 여겨 못마땅했다.

철중은 문을 세차게 열어젖히고 집을 나서 해운대 조선비치호텔 커피숍으로 향했다. 약속장소에 먼저 도착한 철중은 커피숍 창가에 앉아 발아래로 끝없이 밀려왔다가 모래사장에 부서지는 파도의 장엄한 모습을 바라보고 있었다.

지금 철중은 김 총재를 만나려고 기다리는 중이었다. 김 총재는 멀리서 철중을 뚫어지게 바라보면서 들어오고 있었다.

— 그래, 나와 주었구만 강 변호사. 요즘 노동자 대투쟁이다 뭐다 해서 많이
  바쁘제?
— 내 아무래도 총재님 말씀을 듣는 것이 좋을 것 같아서 이렇게 나왔다 아입
  니까.

철중의 말에 김 총재는 매우 흡족한 표정을 지었다.

— 그래, 잘 생각했다. 부산 경남에서 강철중 이름 석 자를 모르면 간첩이라
  카더만! 그 정도면 아무 데나 깃발만 꼽아도 당선이야 따놓은 당상 아이
  겠나? 내, 강 변호사가 어디든 원하는 곳으로 공천해 줄 거니까 말해봐라.
  어데가 좋겠노?
— 저는 어데든 상관없습니다. 총재님 생각대로 알아서 정해 주이소!
— 이봐라 강 변, 다른 사람들은 목을 매고 자기한테 유리한 지역구에 공천해
  달라고 쌈박질하고 난린데 강 변은 지금 남의 집 불구경하듯 이야기를 하
  니 이기 도대체 어찌 된 기고?
— 지는 원래 그래 살았다 아입니까. 들에 피는 들꽃이 무슨 정해 둔 지역이
  있겠습니까?
— 아이다, 이 사람아! 그래도 본인이 원하는데 가야 힘도 내고 싸움도 잘할
  거 아이가? 선거가 뭐 아 장난인 줄 아나? 선거판에서 연고하고 지역! 그

거 정말 무시 못한대이!

— 총재님, 사람들이 안 갈라 하는 데가 어뎁니까? 그런데가 어데 있을 거 아입니까?

— 그건 말할 것도 없이 중동구 아이가! 중동구가 한진당 대표의 오른팔이던 허민구 그놈아가 워낙 지역구 관리를 잘해 왔다 아이가. 그라고 여당 거물이라서 그런지 아무도 허민구하고는 안 붙을라 안 하나! 거가 허민구 텃밭이구먼!

— 그라믄 내를 거로 보내 주이소!

— 어허, 골리앗과 다윗의 싸움이라 할 낀데….

— 지는 오히려 그런 기 좋습니다. 위기 속에 기회도 있을 거 아입니까?

— 꺾기만 한다면야 더 이상 뭘 바라겠노? 강 변 주가도 올라가고 정가에 화려하게 데뷔해서 좋겠지만 그기 생각대로 쉽지만은 않을 끼다!

— 그 정도는 저도 알고 있습니다.

— 그라고 알겠지만 허민구 갸는 오성파라 하는 팔뚝들도 데불고 있어 선거하는 동안에도 몸도 조심해야 할 끼다! 겁을 줄라고 어디 하나 뿌라뜨릴수도 있다.

— 그렇다고 상대방 후보를 죽이기야 하겠습니까? 나는 사람은 안 무섭습니다. 내를 죽이면 자기도 죽을 끼 뻔한데 그렇게까지야 하겠습니까?

— 조심하라고 하는 말이다.

— 그라고 내가 허민구를 꺾는다면 쿠데타 정권의 핵심을 때려잡는 거 아이겠습니까?

— 그래만 되면 얼매나 좋겠노. 니 정말 괘않겠나?

— 괘않습니더!

4

별종들

김 총재와 헤어져 야당 공천을 받은 철중은 한참 선거운동에 열을 올리고 있었다. 힘없고 가진 것 없는 철중이었지만 철중은 거침이 없었다.

세상에는 별종들이 많고 철중 역시 그런 부류의 하나였다. 철중은 갑자기 허민구를 만나고 싶다는 생각이 들어 친구 재강을 데리고 허민구 캠프로 향했다. 싸움을 하려면 상대를 알아야 하고 상대가 괴물인지, 사람인지 어떤 종류인지를 확인해야 직성이 풀렸다.

철중은 '이젠 제가 당신의 눈물을 닦아 드리겠습니다'라는 문구와 허민구의 사진이 인쇄된 대형 플래카드가 붙어 있는 건물 앞에 도착했다. 플래카드가 대형이어서 그런지 위용이 대단해 보였다.

건물 입구에 들어서자 〈허민구 국회의원 후보사무실〉이라는 간판이 눈에 들어왔다. 철중은 재강을 데리고 2층에 있는 선거사무실로 터벅터벅 걸어 올라갔다.

허민구는 덩치들을 데리고 무슨 긴한 이야기를 나누고 있다가 철중이 들어오는 모습을 보고 철중 일행을 바라본다.

> ─ 안녕하십니까? 허민구 후보님 맞지 예? 내 이번에 중동구에 출마한 강철
> 중라고 합니더!
> ─ 아, 당신이 그 강철중….
> ─ 예 맞습니다. 지가 바로 강철중입니다. 잘 부탁합니더!

민구는 정치판에서 온갖 풍상을 겪어 내공이 깊었는데 그에 비해 철중은 정치판에 갓 입문하는 새내기여서 그런지 철중을 아이 다루는 듯하며 거만하게 굴었다.

> ─ 어이, 철중! 당신 말이야, 혹시 정치판을 노동판으로 오인하는 거는 아이
> 겠제? 정치판이라고 하는 것은 당신이 말하는 노동법 나부랭이로 하는 세
> 계가 아이다. 그라고 내가 누군지는 잘 알고 있겠제?
> ─ 예, 허민구 모르는 그런 사람도 있습니꺼? 알아도 너무 잘 알지예! 이번에
> 우리 정정당당하게 한번 싸워 보입시더!

철중의 정정당당하게 싸우자는 말에 민구는 큰소리로 비웃고 있었다.

> ─ 정정~당당!? 그거 좋지! 어이, 강철중! 정치판의 뜨거운 맛을 아직 못 본
> 모양인데 이번 기회에 내가 정.정.당.당.이라는 기 어떤 건지 한 수 가르
> 쳐 주지!

민구의 이런 태도에 기죽을 철중이 아니었다. 철중은 아랑곳하지 않고 민구에게 다가서며 불쑥 손을 내밀었다.

— 우리 악수 한번 하입시더!

민구는 어이없어하면서도 어쩔 수 없이 손을 내밀었다. 이어 돌아서 나오는 철중과 재강을 향해 민구의 떡대들이 뒤에서 겁을 주며 협박했다.

— 명심해라, 앞으로 밤길 댕길 때 조심해야 할 끼다!

선거유세는 본격 궤도에 올랐다. 허민구 진영에서는 고급특장차를 선거차량으로 개조해서 사용했고 서울 중앙당에서 이름만 대면 알만한 유명인사들이 대거 내려와 유세에 합세하였고 사람들은 호기심에 밀물처럼 몰려들었다.

하지만 얼마 떨어지지 않은 곳에 있는 철중의 선거운동은 쓸쓸하기만 했다. 초라한 1톤 트럭을 개조해서 만든 선거차량에 자원봉사하는 나이가 든 아줌마, 아저씨, 할아버지, 할머니들이 대부분이었다. 허민구와 비교하면 철중캠프의 선거운동은 어설픈 코미디 수준이었다.

강철중의 유세장에 모인 사람들 중에는 어김없이 허민구 진영의 덩치들이 박혀 있어 철중을 응원하는 사람들을 모이지 못하도록 윽박질렀다.

그뿐만이 아니었다. 허민구가 돈을 뿌리고 다닌다는 소문이 바람을 타고 이 동네 저 동네를 옮겨 다닐 때는 사지에 힘이 빠져나갔다. 강철중 캠프 선거사무장은 이렇게 가다가는 맥도 못 추고 허민구에게 당하고 말 것이라며 속을 끓였다.

— 지금 허민구 측에서 관내 경로당에 떡하고 고기 돌리고 매일 술판이랍니다. 선물 주고, 현금 돌리고 난리가 아입니다!

— 그라면 우짜노. 힘없는 우리가 막는다고 되겠나?

— 그래도 막는 데까지는 막아봐야 안 되겠습니까?

— 어떻게?

— 대흥 1, 2동은 완전 술판에 돈 판이라 하이. 먼저 거기에 있는 경로당부터 가서 주욱~ 훑어 보입시다! 우리만 가서는 될 일이 아이고 선관위 직원을 데리고 가서 증거를 잡아야만 합니다!

철중의 머릿속에는 여기서 밀리면 끝장이라는 생각이 스치고 지나갔다. 사무장의 말을 가만히 듣고만 있던 철중이 결심을 굳힌 듯 자리를 박차고 일어났다.

— 대흥동 선관위에 연락해서 감시공무원들 좀 보내 주라 하이소! 어서 한번 가 보입시더!

철중은 단속공무원들과 함께 대흥 1동 경로당을 향해 떠났다. 불법 선거를 단속하는 단속원이 완장을 차고 동네 입구에 들어서는 모습이 보이자 사람들은 갑자기 순식간에 사방으로 흩어져 어디론가 종적을 감추었다.

일행이 경로당 입구에 들어서자 방 안에서는 여기저기서 문을 여닫는 소리와 함께 무언가를 숨기고 감추느라 그야말로 난리법석이었다.

― 안에 누구 계십니까?

아무 인기척이 없어 문을 열고 들어서자 방금까지 사람들이 모여서 담배를 피웠는지 방 안에는 담배연기가 자욱했다.

중년을 넘긴 듯 보이는 여자 서너 명이 아무 일도 없었다는 듯이 시치미를 뚝 떼고 철중 일행을 바라보고 있었다.

― (와이구야! 이거 완전 오소리굴이네!)
― 담배연기가 자욱한데 사람들은 다 어데 갔노? 아줌마들은 거서 뭐하고 있어요?

선거 단속공무원들이 옷이 삐져나온 장롱이 이상한 듯 장롱 쪽으로 다가서자 사람들이 장롱 앞을 막아섰다.

― (저 장롱에 와 옷 같은 것이 반쯤 나와 있지?)

단속공무원들은 뭔가 이상하다는 듯 막아선 여자들을 밀치며 장롱문을 열려고 애를 썼다. 장롱문을 열자 거기에 한 무리의 사람들이 숨어 있었다.

철중 일행이 한 사람씩 잡아냈다. 사람들은 몰래 숨어 있다가 붙잡혀 나와서 그런지 꽤나 불쾌해했다. 어떤 여자는 심하게 앙탈을 부렸다.

―니 지금 어디를 만지노?

―그라는 아줌마들은? 죄지었나, 숨기는 와 숨는데?

―너거들이 먼데 방 안에까지 쳐들어와서 사람을 나오라 가라 하는 기고?

―공짜 술을 처묵었나? 얼굴이 뻘~개 가지고 머 땜에 장롱 속에 숨어 들어가 있노. 죄를 지었으니까 장롱에 숨은 거 아이겠나?

일행 중 한 명이 단속원을 향해 소리쳤다.

―이 보소. 아저씨요. 이 사람들 이름 다 적으이소!

이 말이 떨어지자 단속원들은 잡힌 사람들을 불러 세우고 한 사람씩 이름을 적기 시작하자 붙잡힌 사람들은 몸을 밀치고 필사적으로 달아났다.

다음 날 희숙은 산복도로 산동네를 다니며 선거운동을 하고 있었다. 너무 힘들다 보니 철중을 돕기 위해 나선 일이 후회가 되기도 했다.

희숙이 생각할 때 남편인 철중은 어린아이처럼 불안한 존재였다. 철중은 하루도 가만히 있지 못했고 늘 일을 저지르고 다녔으며 그때마다 희숙이 나서서 막아 보았지만, 철중은 한번 생각한 일은 끝까지 밀어붙이는 성미였다.

그래서 초반에는 맹렬히 반대하다가 어쩔 수 없이 철중의 페이스에 말려드는 것이 희숙의 한계였다. 어떤 때는 희숙이 생각하기에 철중이라는 남자는 자신의 남자 같지가 않았다. 그냥 늘 떠도는 바람일 뿐이었고, 잡으려고 하면 잡히지 않는 높은 곳의 구름이었다.

이번 선거 일만 해도 초장에 반대했지만, 철중은 그런 경고에도 선거판에 뛰어들었고 희숙은 철중이 혼자 이리 뛰고 저리 뛰는 모습을 그냥 두고 볼 수가 없었다.

희숙은 하는 수 없이 철중을 도와야 했고 지금은 산복도로 산동네를 돌다가 힘에 부쳐서 계단에 걸터앉아 잠시 한숨을 돌리고 있는 참이었다.

— 서러바서 어데 선거운동이라고 하고 다니겠습니까? 앞으로 정치를 할라면 힘없는 야당으로 나올 끼 아이라 여당 공천받아 나와야 하겠십니더!

철중은 입에서 단내가 나는 아내가 가여웠지만 가야 할 길은 아직 멀었고 정해진 곳까지 도달하기 위해서는 강해져야만 했다. 그러기 위해서는 스스로 자신에게 부단히 최면을 걸어야만 했다.

— 그래도 무소속이 아닌 것을 다행으로 생각해라. 아까 보이까 무소속으로 나온 장일동 후보 일행들이 얼매나 힘이 드는지 얼굴이 핼쑥해 가지고 몸이 마이 축이 났더라. 내 막판에 가서 장 후보한테 손을 한번 내밀어 볼 생각이다.

철중은 무소속후보와의 단일화를 염두에 두고 있었다. 불법선거를 일삼는 허민구에 대한 반감이 높아지자 철중은 단일화를 통해 세를 불릴 틈을 엿보고 있었다.

5

샅바싸움

철중은 개천에서 용이 되려고 애를 썼지만 고졸이었고 가난뱅이였으며 연줄과 학맥 같은 것이 없었다. 단지 불알 두 쪽과 하늘이 선물한 아내가 다였다.

하지만 다행히도 철중은 고졸로 사시를 패스하고 얼마간 잠시 판사가 되었지만, 그곳에서 그는 어디에도 끼일 수 없는 외로운 섬일 뿐이었다. 학연, 지연, 인맥, 금맥으로 촘촘히 엮인 법조계의 질서는 그를 숨 막히게 했다.

철중을 바라보는 사람들은 그가 사회를 향해 적개심을 품은 불안한 존재로 여겼다. 낡은 기존 사회질서를 부수기 위해 그의 수많은 의미 있는 시도들에도 그의 앞길은 보이지 않았다.

선거사무실 소파에 길게 누워있던 철중은 어딘가로부터 걸려오는 전화를 받고 몸을 일으켰다. 현장에 나가 있는 캠프요원으로부터 걸려온 전화였다. 무슨 일인지 상대는 흥분하고 있었다.

— 지금, 허민구 측에서 준비한 버스 5대가 성실초등학교 옆 복개천 공터에
   사람들을 태운 채 정차하고 있습니다. 허민구 찍으라고 하면서 경주로 공
   짜관광을 시켜 준다고 안 합니까. 돈 봉투도 한 사람당 5만 원씩 넣어 돌리
   고 있고요!
— 그래? 거가 어덴데!
— 복개천 옆 공텁니다. 그뿐만이 아닙니더. 허민구 후보가 지금 2호차에 타
   서 불법선거운동을 하고 있다 안 합니까!

반전을 기할 수 있는 절호의 기회였다. 철중은 몹시 흥분되었다.

— 좀 더 자세히 알아봐라, 사실을 더 확인해 가지고 확실한 증거를 잡아야
   한다 말이다!
— 우리 생활체육회 회원하고 형, 동생 하는 사이로 지내는 아우가 지
   금 그쪽에서 버스 운전대를 잡고 있어서 문자로 알려 온 겁니다. 틀
   림없습니더!
— 그래? 그렇다면 빨리 김 회장한테 연락해서 자원봉사자들하고 생활체육
   회 회원들을 성실초등학교 부근 쌈지공원으로 집합시키소! 그라고 올 때
   시장에 들러서 광목 안 있나? 그거 있는 대로 다 사오소!

광목을 사오라는 말에 상대는 황당해했다.

— 광목? 씨름할 때 샅바로 쓰는 천 말인기요?

— 맞다 맞다, 그 광목!

— 지금, 광목천은 갑자기 와 예? 그거 가지고 허민구하고 씨름이라도 할라고 하는 깁니까?

— 내사 마, 다 생각이 있어 그란다. 빨리 서두르이소. 한시가 급합니다!

— 알겠십더!

전화를 끊은 강철중은 다시 변호사인 친구 재강에게 전화를 걸었다.

— 지금 일이 급하게 됐다! 아는 기자들 빨리 모아 가지고 성실초등학교 가기 전 쌈지공원으로 보내 주라.

— 갑자기 거기는 와?

— 지금 허민구 측에서 불법으로 공짜관광을 시켜 준다고 사람들을 잔뜩 태워 가지고 있다는 정보가 있으니까!

— 그래? 알았다!

— 서둘러라. 차 떠나면 닭 쫓던 개 신세 되이까.

통화를 마친 재강은 K 신문 사회부에 김 차장과 인터넷신문인 강 기자한테 전화를 걸어 급히 공원으로 오라고 재촉했다.

지금 복개천 공터에는 허민구 측에서 대절한 버스 5대가 정차해서 사람들이 타기를 기다리고 있었다. 복개천 공터 부근에 있는 쌈지공원에 도착한 철중은 그곳에 모인 사람들을 향해 지시를 내렸다.

— 자자, 빨리 이리로 와 보소! 지금부터 내가 하는 말 잘 들으이소! 허민구가 지금 2호차에 승차하고 있다 하니까 먼저 2호차를 사람들이 빙 둘러싸이소. 그라고 허민구가 보이면 사진을 찍으이소!

철중은 출정식을 앞두고 전투원들을 독려하듯 사람들 앞에서 일장연설을 하고 있었다.

— 사무장님하고 몇 사람은 지금 버스에 올라가서 허민구가 차에 탄 장면하고 불법으로 뿌린 유인물하고 증거들 사진을 찍고 내려 오이소!

사무장 일행이 고개를 끄덕였다.

— 그라고 나중에 내가 손짓하면 사 가지고 온 광목천으로 버스 5대를 빙 둘러싸 뿌리고 앞을 막아서이소! 버스가 출발하지 못하게 말입니더!

철중이 사람들을 독려하고 있는 사이 재강이 맞은편으로 카메라를 둘러맨 기자들과 함께 이쪽을 향해 오고 있었다.

— 강 기자하고 김 차장 방금 도착했데이!
— 어서 오이소. 기자님들 오시느라 수고 많았습니더. 기자님들은 광목천으로 버스를 빙 둘러싸 가지고 포위한 모습을 찍어 가지고 신문하고 방송에 보도를 좀 해 주이소!

말을 마친 철중은 선거사무장과 일행 2명을 붙여서 허민구가 탄 버스를 향해 출발시켰다.

사무장 일행이 버스에 오르기 전에 이미 2호차에 승차해 있던 허민구 후보는 눈치를 채고 2호차에서 급히 내려 옆에 세워진 1호차로 옮겨 타고 있었다.

그것도 모르고 뒤늦게 사무장과 일행 두 사람이 차 안으로 들어가자마자 먼저 허민구를 찾아 두리번거리며 살폈다. 허민구가 보이지 않자 일행은 허민구 찾는 것을 포기하고 휴대전화 카메라로 버스 좌석마다 놓인 '중동구의 듬직한 머슴 허민구'라고 인쇄된 유인물과 곁에 놓인 돈 봉투, 나뒹구는 술병, 공짜로 돌린 건강보조식품들을 찍었다.

그 차의 운전기사는 아까 허민구가 2호차에 있다고 알려준 바로 그 운전기사였다. 사무장 일행은 기사에게 윙크를 하여 한편이라는 신호를 보냈다.

— 기사님, 와야 할 사람들이 더 있은께 출발하지 말고 좀 기다리이소! 내 금
   세 갔다 올게요!
— 예 후딱 갔다 오이소!

철중은 공터 뒤편에서 눈 빠지게 기다리고 있다가 사무장 일행을 맞았다.

— 그래 어찌 되었노?
— 증거물들은 사진을 다 찍어 놓았는데 허민구는 차에 없던데예!
— 분명히 2호차에 있다고 이야기했는데…. 그라면 이기 어찌 된 거고?

그사이 방패를 든 전경들이 방패로 버스 앞을 막고 섰다. 1호차 안에 있던 허민구 후보는 몸을 낮추어 앞문으로 나온 뒤 전경들 사이로 유유히 빠져나왔다. 저 멀리 사라지는 허민구의 모습이 보였다.

— 그건 그렇고 아까 버스 안에서 찍은 사진 그거, 방송사하고 신문사에 보내이소. 그라고 오늘 찍은 사진을 증거로 해서 찌라시를 만들어 내일 조간에 넣어서 돌리고…. 전단지 돌리는 지국에는 찌라시 비용을 2배로 준다 하이소!

2호차에 허민구 후보가 있다는 제보를 알려준 생활체육회 회원이 와서 말했다.

— 방금 연락이 왔는데 아까 우리가 아는 그 기사가 허민구 후보가 1호차로 간 것 같다고 다시 연락이 왔습니다. 틀림없이 허민구는 지금 1호차에 있을 겁니더.

이 말을 들은 철중은 사람들에게 재촉했다.

— 그라면 그리로 가 보입시다!

황급히 1호차로 몰려갔지만 이미 허민구는 빠져나가고 없었다. 1호차 안에서도 불법선거를 입증할 증거들이 여기저기 널브러져 있었다. 철중은 차 안의 유인물들을 둘러보면서 씁쓸해했다.

— (이거 완전히 불법선거운동 한 거 맞네!)

이때 철중 일행이 버스 안에 있는 한 여자하고 승강이가 벌어졌다.

— 아줌마, 일어나 보소!
— 이 사람아! 지금 사람을 잡고 와이라는데?
— 와 이라기는! 어허, 이리 와 보라카이…. 옷이 와 이리 튀어나왔노. 아줌마 임신했능교?

몸을 아래위로 스캔하며 혼잣말로 중얼거린다.

— (임신할 나이는 지났는데?)
— 이것들이 미친나? 이거 안 놓나? 이 새끼들아!

일행들이 아주머니의 옷을 잡고 당기자 허리춤에 숨겨두었던 허민구 후보를 소개하는 선거인쇄물 다발이 바닥에 쏟아져 나뒹굴어졌다.

— 하이구야! 이기 무슨 봉사단체고! 명색이 봉사단체 회원님들이 허리춤에 허민구 선거홍보물을 달고 봉사는 도대체 어데로 갈라 하시는데? 이래도 불법선거운동 아이라 할 끼가!

사람들은 가지고 있던 휴대전화를 들이대며 연신 사진을 찍어 대었다.

— 이기 다 뭐꼬? 하이쿠야, 술과 고기, 유인물, 돈 봉투하고 인자 건강보조식
    품⋯. 완전 딱 걸렸네, 딱 걸렸어!

차에서 내려온 일행은 이차 저차 사이를 기웃거리며 허민구를 찾기 위
해 몰려다녔다. 이 모습을 본 강철중은 두 주먹을 쥐며 중얼거렸다.

— (인자, 기자들도 두 눈으로 다 보고 사진도 찍고 했으이 허민구 불법선거
    운동 한 거 다~ 보도될 끼고! 허민구 운명도 뻔한 거 아이겠나!)

철중은 사무장을 비롯해 모인 사람들에게 급히 광목을 가지고 차가 출
발하지 못하게 차 주위를 빙 둘러치라고 신호를 보냈다. 철중의 지시를
받은 사람들은 신속하게 움직여 사방으로 흩어져 광목으로 차를 둘러쌌
다. 길을 지나던 사람들은 이 우스꽝스러운 광경을 보려고 모여들었다.
기자들은 플래시를 터뜨리며 취재열기를 이어갔다. 이때 점퍼를 걸친
철중이 핸드마이크를 들고 허민구 후보가 한 사람당 5만 원씩 주고 경주
로 공짜관광도 시켜 주고 있다고 버스 앞에서 기자들과 인터뷰를 하는 중
이었다.
사람들은 저마다 이런저런 대화를 나누며 이 생경한 모습을 보고 신기
해했다.

— 저기 뭐 꼬? 광목천으로 버스를 둘러싸 부렸네. 버스하고 샅바 잡고 씨름
    이라도 할라 카는 기고?
— 버스하고는 씨름을 어찌하는데? 말이 되는 소리를 좀 해라!

— 그러면 니 눈에는 저기 도대체 뭐 하는 거로 보이는데?

구경꾼들이 여기저기서 웅성거린다. 이때를 놓칠 리 없는 철중은 마이크를 들고 사람들을 향해 외치기 시작했다.

— 여러분! 허민구 후보가 지금 불법으로 돈 봉투를 돌리고 경주로 선심관광을 보내는 현장을 잡았다 아입니까!

철중은 5만 원이 들어 있는 돈 봉투를 높이 흔들어 보였다.

— 여러분, 이런 검은돈을 뿌려 가지고 표를 사는 집권 여당의 허민구 후보를 국회로 보낼 수가 있겠습니까!

구경꾼들은 여기저기서 이구동성으로 안 된다고 맞장구친다. 시간이 갈수록 점점 더 많은 사람이 모여들었다.

다음 날 아침 조간신문에는 '허민구 후보 금품 살포', '선심관광현장 발각'이라는 제목의 찌라시가 삽지되어 각 집으로 배달되었다. 찌라시를 본 사람들은 놀라 입을 다물지 못하고 있었다.

철중은 선거사무실에서 선거사무장, 선거원들과 함께 어제 낮에 허민구가 자행한 불법선거운동 보도를 지켜보려고 기다리고 있었다.

— 채널 한번 돌려봐라, 방송 나올 시간 다 됐다.

한 사람이 전원을 켜서 채널을 이리저리 돌리다가 뉴스방송이 나오자 멈춘다.

―야! 나온다. 어제 바로 거다!

갑자기 사방이 쥐 죽은 듯이 고요하다. 마이크를 잡은 아나운서의 멘트가 흘러나왔다.

―어제 오후에 중동구 국회의원 강철중 후보 측이 상대방 허민구 후보진영에서 유권자들을 매수해서 경주로 선심관광을 시켜주는 불법선거운동 현장을 잡았다며 허민구 후보 측과 승강이를 벌였습니다. 이에 대해 허민구 후보 측은 자신이 속한 봉사단체에서 매년 연례적으로 봉사활동을 떠나는 것을 불법선거운동으로 몰아간 데에 대해 강철중 후보 측을 업무방해와 허위사실유포로 검찰에 고발할 예정이라고 합니다. 허민구 후보의 말을 들어 보겠습니다!

민구는 당황해 하는 모습이 역력했다. 허민구는 강철중 측에서 광목천으로 버스를 포위하고 출발을 하지 못하도록 퍼포먼스를 벌인 것에 대해 억울함을 호소했다.

―오늘 낮에 있었던 일을 두고 불법선거운동이라고 주장하는 것은 오해입니다. 매년 이맘때가 되면 저희 단체는 양로원으로 봉사활동을 하러 갑니다. 이건 저희가 한두 해 한 것이 아닙니다. 그런데 강철중 후보 측은 이런

연례행사를 불법선거운동이라며 허위사실을 유포하고 있습니다. 본인은 이 일을 그냥 묵과하지 않고 반드시 책임을 물을 것입니다.

사무실에서 방송을 지켜보던 사람들은 실망이 컸다. 언론은 사실대로 보도를 하지 않고 있었다. 부정선거운동을 한 한민구가 언론으로부터 솜방망이를 맞으며 언론의 보호를 받고 있다는 인상이 들었다.

— 지금 뭐라 방송하고 있노, 버스 3대라 했나? 우리가 버스 5대를 둘러쌓는데 고작 버스 3대라니…. 저런 방송은 보나마나다.
— 그라이까 허민구가 그곳에 없었다는 알리바이를 만들어 줄라고 하는 거겠지. 언론하고 허민구하고 절마들이 벌써 다 짜고 저라는 기라!
— 불법선거 유인물하고 돈 봉투, 선물로 돌린 건강보조식품, 술병은 와 안 보이는데! 정말 실망이다, 실망….
— 선관위 직원들은 코빼기도 안 보이네! 그 영상도 다 전달했는데….
— 언론마저 저렇게 나오면 우리는 어데 가서 하소연을 해야 하노?

말없이 방송을 지켜보고 있던 철중이 사무장에게 말을 건넨다.

— 사무장님 유권자들 여론조사 결과 어찌 되었습니까?
— 오늘 아침 조사자료를 보면 인지도에서는 허민구보다 다소 뒤지는 것으로 나왔지만, 선호도에서는 20~40대 층에서 월등히 높은 것으로 나왔십니더. 전체적으로는 봤을 때는 후보님이 허민구보다 15% 정도 앞서는 것으로 조사되었다 아입니까.

— 그래요? 야, 상당히 고무적이네.

— 정치 신인인 후보님이 허민구를 앞섰다는 것은 보통 뉴스거리가 아닙니다. 이건 완전 토픽감입니다, 토픽!

— 사무장님, 우리 한 며칠 쉬면 안 되겠습니까?

— 네에? 후보님! 지금 맨정신으로 하는 말입니까? 후보님 지금 너무 자만하시는 거 아입니까?

— 내가 15%를 앞선다면 여당 중진들 견제가 심할 깁니다. 완급조절 좀 할 필요가 있습니다. 한 10% 정도 앞설 때까지만 한숨 좀 돌리자 이 말입니다!

가만히 듣고 있던 사무장의 얼굴에는 웃음 끼가 돌았다.

— 캬하, 우리 후보님 멋지시다! 여유가 있어요, 여유.

— 하하하하하, 사무장님도 사람 잘 웃기시네!

— 참말로 하는 말입니다. 내 이래서 강철중 후보님을 어찌 사랑하지 않을 수 있으리요~.

유세가 벌어지고 있는 성실초등학교에는 돈을 뜯어먹는 선거꾼들과 할 일이 없어 구경거리를 찾아 나온 사람들로 붐볐다. 평상시에는 별 볼 일 없는 따라지들도 이때만 되면 자신의 한 표를 대단한 금덩어리처럼 여겼다.

뭔가를 골똘히 생각하고 있는 철중은 허민구가 연설하는 동안 대기석에 앉아 자기 차례를 기다리고 있었다. 연단의 허민구는 어제 철중에게

당한 점수를 만회하려고 목에 핏대를 세우며 안간힘을 쓰고 있었다.

　　―여러분! 강철중 후보는 어제 우리 자원봉사자들이 매년 떠나는 봉사활동
　　　을 불법관광으로 몰았을 뿐만 아니라, 수고에 대한 감사 표시로 목욕비를
　　　드린 것을 금품을 살포했다며 허위선전을 해대고 있습니다.

　허민구 후보는 금품살포, 부정선거라고 인쇄된 찌라시가 든 신문을 펼
쳐 보이며 연설을 이어갔다.

　　―그뿐만이 아닙니다! 아침 조간신문에 허위사실을 실은 찌라시를 만들어
　　　돌렸습니다. 이것은 명.백.한 불법선거운동입니다. 여러분! 강철중 후보를
　　　표로써 심판을 합시다. 여러분!

　허민구 후보는 소리쳤지만, 유세장 분위기는 냉랭했다. 허민구가 강단
을 내려오자 대기하고 있던 강철중이 연단을 걸어 올라갔다. 지금의 철중
은 과거의 철중이 아니었다.
　그는 이미 양 날개를 넓게 펴고 불어오는 바람을 타고 높이 올라가고
있는 맹금류였다. 철중은 당당했다. 그의 말은 청산유수였고 그 기세가 맹
렬해서 한 마디 한 마디가 허민구의 폐부를 깊이 찌르고 있었다.

　　―어제, 허민구 후보가 돈으로 표를 사고! 유권자들을 경주로 공짜관광을
　　　보내는 현장을 잡았습니다. 여러~분! 총칼로 권력을 잡은 군사정권의 하
　　　수인인 허민구 후보는~! 이제 돈으로 온통 불법, 탈법선거를 자행하고 있

습니다, 여러분! 내란을 일으켜 정권을 강탈한 군사정권에서 하수인 노릇을 하고 있는 허민구 후보는 국회로 보내야 할 것이 아니라 교도소로 보내야 할 사람입니다, 여러분!

철중이 '여러분!'을 외칠 때마다 철중 편의 사람들이 들고 있던 피켓이 일제히 올라가고 강철중의 이름을 연호하는 사람들의 모습이 점차 많아졌다.

— 여러분의 단결된 힘으로! 힘.없고 빽.없는 노동자농민, 도시빈민들을 위해 지금껏 노동운동을 해 온 가방끈 짧은 저를 뽑아서! 부패한 이 정권을 심판합시다! 그래서 이 강철중과 더불어 사람 사는 세상 한번 만들어 봅시다, 여러분!

허민구는 점차 멀리 조금씩 밀려 나가고 있었다. 사슴 같았던 철중이 호랑이 앞에서 잘도 피해 다녔고 이를 쫓다가 지친 호랑이는 숨을 헐떡대며 침만 흘리고 있었다.

비록 정치판은 몰상식이 지배하는 세계였지만 겸손하지 못한 존재들에 대해서는 언제나 무릎을 꿇렸다. 언제나 겸손하지 못할 때에는 누구라도 이 땅으로부터 버림을 받는다는 것이 유한한 생명을 가진 인간의 비극이기도 했다.

허민구는 지금 그 내리막길의 초입에 이미 들어서고 있었다.

6

검정

철중은 현장을 돌다가 피곤하면 소파에 길게 누워 잠시 단잠을 자며 피곤을 달랬다. 오늘도 산동네, 시장, 역전을 돌며 하루에 3시간도 못 자는 강행군을 이어갔다. 철중은 사무실을 나와 어둠이 짙게 내린 밤길을 걸어서 집으로 가고 있는 중이었다.

집은 산복도로 고지대에 있어서 집으로 가는 길은 하천을 끼고 올라가야만 했다. 철중이 대로를 벗어나 골목을 들어서는데 누군가 자기를 밟는 이상한 느낌이 들었다.

철중이 몸을 틀어 뒤를 돌아보았지만 거기에는 아무도 없었다. 어둠 속에서 요란한 낙숫물 소리를 들으며 하천변을 걸어 올라갈 때 오싹한 느낌마저 들었다.

철중은 갑자기 골목에서 계단이 보이는 위쪽을 향해 뛰기 시작했다. 철중이 도착했을 때 계단 정상에는 한 무리의 사람들이 철중이 올라오기를 기다리고 있었다. 그들은 온통 검정의 형상이었다. 모자도 선글라스도 외투도 구두도 모두가 검었다. 검정은 비밀과 은닉과 폭력과 불법을 상징하는 기분 나쁜 색이기도 했다. 그들은 철중이 다니는 길목을 미리 막아서고는 힘겹게 올라온 철중을 낚아챘다.

검정들은 철중을 데리고 다시 하천으로 끌고 내려갔다. 가로등 불빛이 희미한 그곳은 물 내려가는 소리가 요란해 누구 하나 얻어맞아 죽어서 나가도 모를 곳이었다.

덩치 큰 검정들의 발길질이 사정없이 철중의 가슴팍을 향해 날아들었고 이때마다 철중은 신음을 내며 물가로 나가떨어졌다. 젖은 철중의 양복 겉저고리에서는 체온으로 인해 김이 스멀스멀 올라왔다. 껌을 씹고 있던 검정 중 하나가 철중을 내려다보고 있었다.

— 다, 당신들 누구야?
— 철.중.아, 너가 그딴 건 알아서 뭐 할래? 우리가 너 하나 없애는 건 식은 죽 먹기야. 이 새끼야!

분을 이기지 못한 주먹과 발길질이 사정없이 날아들었다. 철중의 입술은 터져서 피가 흘러내렸다. 철중이 쓰러졌던 몸을 일으켜 세우려 하자 다시 구둣발이 날아들어 왔다. 철중은 교대로 검정들의 구타로 인해 몸을 가누지 못했고 입에서는 신음이 새어 나왔다.

— 이런 새끼는 돌아다니지 못하게 면상을 확 갈아 버릴까!

발로 물가에 누운 철중의 면상과 머리를 사정없이 발로 짓이겨 댔다.

—야, 철중아. 네 마누라 희숙이를 보니 아직 쓸만하더라. 희숙이한테 너 말
　　고도 힘세고 기분 좋게 만들어 줄 사내들이 많다는 걸 알게 만들어 줄까?
　　야!~ 이 개-새끼야! 우리가 그것 하나 못 하겠냐!

　분을 삭이지 못한 검정 중 하나가 거반 미친 사람으로 변해 철중의 귀
에 가까이 대고 고래 고함을 질러 대고 있었다.

　—야아~ 이 개-새끼야!

　그들은 철중을 다시 일으켜 세워 발길질을 반복했다. 어둠 속에서 검정들이
철중의 가슴팍을 칠 때 흡사 벽에 공을 튕기는 것과 같은 둥근 소리가 났다.

　—이 새끼야, 후보 사퇴해! 그리고 철중아, 너거 아가들 뽀송뽀송 솜털이 올
　　라 귀엽더라? 한 해에 실종되는 아그들이 올해만 해도 한 이만 명쯤 된다
　　는 거는 들어서 알고 있지?

　철중은 얻어맞아서 쓰러져 누운 채 겨우 숨만 쉬고 있었다.

　—너거 아가들 이름을 그곳에 슬쩍 집어넣어도 아무도 모른다. 정말 그렇게
　　되기를 원하냐? 원하냐고!

　—(퍼~억!)

검정 하나가 무차별 구타를 하고 다시 다리를 집어 비틀려고 하자 다른 검정이 타이르며 나섰다.

—야, 이 새끼 병신 만들어 우리가 좋을 게 뭐 있냐? 철중아! 앞으로 알아서 좀 기어 다녀라! 우리가 꼭 이렇게 해야만 정신을 차리겠니? 야, 가자! 이 새끼도 새대가리가 아니라면 말귀를 알아들었을 게다.

그 말을 남긴 채 검정들이 연기처럼 사라졌다. 철중은 몸을 일으켜 하천 난간을 붙잡고 간신히 집으로 와서 문 앞에서 희숙을 부르다가 쓰러졌다.

희숙은 질겁을 한 채 철중을 끌다시피 하여 방으로 데리고 들어와 누인 후 찬물로 찜질해 주었다. 희숙은 잠이 든 철중을 근심 어린 눈으로 바라보고 있었다.

7

돌풍

폭력만으로는 철중을 무릎 꿇릴 수는 없었다. 폭행으로 인해 가슴이 울렁거리고 머리는 찢어졌다. 하지만 외부의 위압에도 철중은 더 강해져 갔다. 철중은 무소속 후보와 단일화에 성공해서 야당과 무소속을 합친 야권 단일후보가 되었다.

사람들은 머리에 붕대를 감은 채 무소속 후보와 허깅을 하는 사진을 보며 철중 편으로 돌아섰다. 단일화 소식은 삽시간에 동네 골목과 골목 깊숙이 스며들어 가고 있었다.

사람들은 머리에 붕대를 감은 채 선거구를 돌아다니는 철중을 보며 동정을 했다.

세상은 신묘했다. 강자가 힘을 이용해 마음대로 약자를 주무를 때 민심은 강자를 비켜나가 약자 편으로 옮아갔다. 그것은 물이 높은 곳에서 낮은 곳으로 흐르는 것처럼 지극히 자연스러웠다.

날이 갈수록 철중의 행보는 장안의 화제가 되었고 사람들은 다 죽어 가던 철중에 대해 입방아를 찧고 다니며 그를 높여 주고 있었다.

— 강철중 봤나? 머리에 붕대를 싸매고 다니더라. 도대체 누가 그랬노?

— 누구는 누구겠노? 허민구가 보낸 조폭들한테 맞아서 저렇다고 하더만은.

— 그 새끼들 안 되겠네. 정치를 주먹으로 하나? 선거가 무슨 가라덴 줄 아는
모양이제….

— 원래 정치판 그런 곳이 아이가? 허민구가 무소속 후보한테도 못살게 폭력
과 협박을 일삼으니까 강철중 편에 손을 들어주고 자기는 후보에서 사퇴
를 했다카더만은….

— 그래? 허민구 그 새끼 우리 같은 따라지들도 얼매든지 표로써 저거들을
심판할 수 있다는 것을 가르쳐 줘야 안 되겠나.

— 그럼~ 맞는 말이다!

— 너거들 생각은 어떻노? 내 아무리 생각해도 강철중밖에 없는 것 같다. 고졸
출신이라지만 변호사 된 거 보면 머리 하나는 좋은 기 분명한 것 같고 젊어
서 일 잘하지 어렵게 살아 가지고 없는 사람들 형편도 잘 알지 안 그렇나?

— 그 말은 해서 뭐 하겠노?

개표가 마무리될 즈음 강철중 캠프는 완전 축제의 도가니였다. 그동안
여당의 텃밭에서 강철중이 허민구를 10% 앞선 압도적인 지지로 당선되
었다. 철중은 선거캠프 사무실에서 꽃다발을 목에 걸고 당선 인터뷰를 하
며 승리에 도취해 있었다.

신문을 찍어내는 인쇄소에는 '강철중 돌풍'이라는 제목이 박힌 신문이
컨베이어를 통해 꼬리를 물고 나왔다. 철중은 지지자들에게 둘러싸여 울

먹이는 선거운동원을 한 명 한 명씩을 안아주고 있었다.

— 강 후보님, 몸은 괜않습니까?
— 맞아서 삭신이 욱신거리기는 하지만 죽을 정도는 아입니다. 이기다 여러
　분들 덕입니다.

선거사무장은 오버하며 호들갑이다.

— 강 후보님 아니, 인자 의원님이지! 의원님이 지금 무슨 일을 하신 건지 알
　고나 계신 겁니까?

강철중은 빙그레 웃으며 사무장을 바라본다.

— 강 후보님이 크.게. 한 건 하신 겁니다!
— 내도 처음에는 걱정 마이 했는데 사람들 만나면서 차츰 우짜면 내가 이길
　수도 있겠다 싶은 생각이 들더라고요.

한 선거원은 한참 오버를 했다.

— 여당후보를 10% 차이로 이겼다 아입니까. 말이 안 되는 압승!이라 예.

철중은 오버에 오버로 받아넘기는 여유를 보였다.

― 와? 말 좀 안 되면 안 됩니까?

― 나는 새도 떨어뜨린다 하던 천하의 허민구도 강철중 의원님한테는 맥을 못 추더만요. 이번 일로 전국구 유명 정치인이 되었다 아입니까!

― 그래요? 내 이리되고 보이 정말 이번에 하나님이 이 강철중을 도와주실라고 크게 한턱 쓰신 기 분명합니다!

철중의 말에 일동 웃음소리가 터졌다. 그렇게 그의 정치계 입성은 불가능을 가능케 만든 기적의 선거로 화자 되고 있었다. 하지만 철중은 우연히 당선된 것이 아니라 그동안 많은 고생을 겪어 내공을 갖춘 후보 중의 하나였다.

사람들은 그를 외모로만 보았고 그의 진가를 알아보지 못했을 뿐이었다. 작은 키와 못생긴 얼굴로 그가 과연 그렇게 큰일을 할 수 있을까 반신반의했지만 그는 실제로 누구보다 강했고 결국 해냈다.

고졸 출신의 가난뱅이였던 그는 실제로 인맥도 학맥도 금맥도 없었다. 하지만 그는 세상의 잘난 것들을 꺾고 당당히 국회의원에 당선되었다.

8

삼고초려

국회의원이 된 철중은 그로부터 한참 뒤 이런저런 수많은 우여곡절을 거쳐 야당인 대한당 후보로 대통령선거에 나와 집권여당 후보를 누르고 대통령에 당선되었다. 사람들은 모두 기적이라고 했다.

고졸출신의 빽 없고 힘없는 철중이 소신 하나로 국회에 입성한 이후 온갖 왕따를 당하는 수모를 겪은 후에 화려하게 부활하여 이루어낸 결과였다. 평범한 시민들은 철중을 반겼고 국민들에게 그는 꿈과 희망의 상징처럼 되었다.

그는 국회에서 국민이 지켜보는 자리에서 취임식을 했다. 근엄하게 헌법 책 위에 손을 얹고 이 나라와 헌법의 수호자가 되겠다는 선서를 했다.

취임 후 청와대에서는 교육과 관련된 사안으로 대학총장들과의 만남이 있었다. 철중은 선거 때 교육분야에서 3불정책 폐지를 공약한 터여서 임기초반에 그것을 밀어붙이려 했다. 하지만, 워낙에 반대가 심해서 전국대학총장들을 청와대로 불러 토론을 하며 그들의 협조를 구하는 중이었다.

— 기여입학제, 대학등급제, 본고사폐지 이른바 3불정책이 이슈로 되고 있는 이 시점에서 여러분들을 모시게 되었습니다.

철중의 말이 끝나자 총장들은 활발한 찬반토론을 이어갔다. 제철웅 지방 A대 총장은 대통령이 추진하는 3불정책 폐지에 대해 불만을 쏟아 놓았다.

— 3불정책 폐지는 이 나라 교육을 평준화함으로써 교육의 발전을 저해할 겁니다. 특히 지방대학의 경우 기여입학제를 폐지할 경우 교육재원의 고갈로 대학이 시설을 확충하고 교원을 충원하는데 지장을 주어 서울에 있는 유수한 대학들과 경쟁을 해 나갈 수가 없을 것입니다.

반면 서울에 소재 명문 J대의 이재호 총장은 명문대학 총장답지 않게 철중이 추진하는 3불정책에 대해 평소 자신의 소신처럼 옹호하는 발언을 해서 주목을 받아왔다. 그의 소신은 마치 철중의 소신을 대변하는 듯했다.

— 3불정책 폐지는 교육의 평등권을 골자로 하는 것으로서 반드시 이루어져야만 합니다. 기여입학제는 돈 있는 사람이 돈 주고 학교에 가서 결국 금력과 명예까지 세습하게 되는 폐단이 있어 앞으로 개천에서 용 나는 일이 없어질 것입니다….

이재호 총장의 발언에 동의라도 하는 듯 많은 참석자가 고개를 끄덕였다.

— 그리고 대학등급제는 대학마다 등급을 매겨 학생들을 받는 것은 교육의

본질에도 어긋나는 것이며….

철중은 재호의 발언에 대해 회심의 미소를 지었다. 정책의 방향이 자신과 동일할 뿐만 아니라 대단히 논리적이고 열정적으로 이야기를 펼쳐 나가고 있는 모양새가 참석자 중에 단연 돋보였기 때문이었다.

어디든 튀는 자는 있었다. 특정 사람들을 편애하려고 하는 것은 아니었지만 개성 있고 사리에 합당한 말을 하는 것 자체가 엄청난 힘을 느끼게했다. 그리고 그런 주장을 하는 사람을 자기편으로 끌어들이는 것은 폭발력이 큰 무기를 손에 넣는 것과 마찬가지였다.

재호를 노려보는 철중의 눈초리를 통해 그에 대한 깊은 호감을 엿볼 수있었다. 한참 뒤 대통령과 이재호 총장이 단둘이서 청와대 귀빈실에서 만나 이야기를 나눈 후 저녁식사를 마치고 담소를 나누고 있었다.

─ 유명하신 총장님이시니까 저를 위해서 덕담 좀 해 주시죠.

─ 대통령 5년은 중요하지만, 너무 짧은 기간입니다. 그런데 지금 우리 사회는 분쟁과 갈등으로 시간을 다 허비하고 있습니다. 조짐이 좋지 않습니다.

─ 물론 저로 인해 갈등이 많다는 말씀이죠!

재호의 말에는 권력자의 눈에 잘 보이려 하거나 가식적인 면이 없이 솔직담백하게 직언을 하는 학자로서의 매력이 느껴졌다. 그것이 철중에게는 무한한 신뢰를 주었다.

— 그렇습니다! 소박한 것도 좋겠지만, 너무 파격적인 언행은 문제라고 생각합니다.

철중은 어쩔 도리가 없이 고개를 천천히 끄덕거렸다.

— 하, 어디를 가도 온통 저를 비난하는 목소리들뿐이니…. 그러면 저는 인자
  부터 어떡해야 합니까?
— 무엇보다 우리 사회의 갈등과 분쟁을 해소하는 것이 급선무입니다.

철중은 자신의 자리를 재호가 있는 쪽으로 끌어당겨 앉아 관심을 보였다.

— 총장님, 청와대 들어와서 날 좀 도와주세요.

대통령의 말에 재호가 놀랐다.

— 예~엣? 전 대학선생입니다. 저 같은 사람이 무슨 정치를 도와요? 드리기
  는 뭐한 말씀입니다만 선거 때는 대통령님을 찍지도 않았고요….
— 아마 모르긴 몰라도 대학총장들 중에서 저 강철중을 찍은 사람은 아무도
  없을 겁니다.
— 죄송합니다. 다른 분을 찾아보십시오. 진심으로 드리는 말씀입니다.

그날 이후, 다시 철중은 세 번째로 재호를 청와대로 불러 자신의 비서
실장으로 일해 달라고 부탁을 하며 계속 공을 들이고 있는 중이었다.

― 총장님, 어떻게 생각은 좀 해보셨습니까?

― 제 입장은 저번에 이미 다 말씀드린 걸로 알고 있는데요…. 학교선생이 무슨 정치를 합니까.

― J대라는 큰 대학을 모범적으로 운영하고 계시지 않습니까? 지난번 분쟁을 해결하는 데 집중하라고 말씀해 주셨는데 아시다시피 고졸인 제가 무슨 학연이 있습니까, 그렇다고 인맥이 있습니까? 뭐가 있어야 분쟁을 해결할 거 아닙니까? 그러니 오셔서 저를 좀 도와주십시오.

― 저에겐 그런 힘도 능력도 없습니다.

― 제가 싫어서 그런 겁니까?

― …….

순간 두 사람의 대화가 어색해졌다. 철중은 다시 말을 이어갔다.

― 만일 제가 싫어서 그런 것이라면 나라를 위해서 맡아주십시오. 대학운영도 결국 나라를 위해 하는 일 아닙니까?

거절로 일관하던 재호의 마음이 이 대목에서 마구 흔들리기 시작했다. 재호는 머뭇거리며 한참 동안 말을 잇지 못했다. 두 사람 사이에는 잠시 정적이 감돌았다. 뭔가를 골똘히 생각하던 재호가 다시 입을 열었다.

― 그럼, 두 가지 제안을 해도 좋겠습니까?

이때 철중의 눈이 갑자기 빛나기 시작했다.

— 어서 말씀해 보세요!

— 갈등해소를 위해 종교계를 비롯한 학계, 정계, 예술계 등 각계각층의 사람들을 만날 수 있도록 저에게 자율권을 주십시오. 그러다 보면 저에 대한 비판이 쏟아질 겁니다.

철중은 두 손을 모은 채로 얌전히 재호의 말을 경청하고 있었다.

— 이건 아니다, 저의 행보에 문제가 좀 있다고 생각이 드시면 바로 말씀을 해주십시오. 그리고 제가 그만두어야 할 때는 제가 원해서 물러나는 형식을 취해 주십시오.

무슨 이야기를 하려나 하고 잔뜩 긴장해서 경청하고 있던 철중은 재호의 말을 다 듣고 나서 홀가분함을 느꼈다.

— 아, 난 또 무슨 대단한 부탁인가 하고 잔뜩 속으로 긴장해 있었잖아요. 하하하하하.

그 뒤로 방송에서는 재호가 철중으로부터 비서실장 임명장을 받고 있는 모습이 방영되었다.

비서실장으로 임명된 이후 재호는 그가 말한 대로 각계각층의 인사들을 만나 열심히 민심을 전해 들었다. 택시기사들로부터는 대통령이 빨갱이라는 말을 들었다. 친분 있는 교계를 대표하는 목사님들로부터는 점잖으신 분이 불그스레한 집단에 왜 들어갔느냐는 핀잔을 들었으며 또 핵개

발을 하는 데 혈안이 된 북한을 왜 도와주느냐고 불만을 토로하는 이야기들을 들어야만 했다.

이때마다 재호는 대통령과 독대하는 자리에서 가감 없이 들은 이야기를 전했다. 재호가 이런저런 조언을 할 때마다 철중은 자신이 좌파성향이 아닌 실용주의라는 사실을 강조하며 재호의 전언에 대해 조목조목 자신의 견해를 밝혔다.

철중은 정교가 분리된 대한민국에서 목사님들이 지나치게 정치적인 발언을 하는 것에 대해서는 이해할 수 없다고 했다. 또 자신을 반미주의자라는 비판에 대해서는 학교에 다닐 때 미군부대에서 나온 군복에 물을 들여 입고 다녔으며 미국이 도와주지 않았으면 정치적 고향인 부산이 아니, 이 나라가 어떻게 존재할 수 있었겠느냐며 미국에 대한 고마움을 가지고 있다고 말했다.

하지만 주권국가로서 대한민국군에는 군작전권도 없으며 박정희 대통령 이후 대전 국방과학연구소 인근에 설치한 레이더를 통해 행동 하나하나 모든 것에 관해 미국의 감시를 받는 것은 잘못되었다고 말했다.

자기는 세간에서 오해하고 있는 바처럼 친북, 반미주의자가 아니라 오히려 대한민국의 이익을 위해 누구와도 대화하고 잘못된 것은 따질 수 있는 실용주의자라는 것을 널리 알려 달라고 부탁하기도 했다.

9

빛과 그림자

철중의 어릴 적 고향친구이자 변호사인 재강은 청와대 민정수석을 그만두고 잠시 머리를 식힐 겸 친구 종수와 여행 중이었다. 네팔의 페와 (Phewa) 호숫가를 걷는 두 사람은 호숫가에 거꾸로 비친 히말라야 설산의 신비경에 반해 있었다. 새떼가 유유히 호수 수면에서 무리지어 날아오르는 아름다운 풍경을 보며 감탄을 연발했다.

― 이 좋은 경치를 혼자 구경하니까 대통령한테 꼭 죄짓는 기분이네….

재강의 이야기에 종수는 빈정거리듯 받아친다.

― 청와대에 있을 때는 대통령 곁을 그렇게도 벗어나려고 안달을 부리더니만 와? 그새 마음이 변하기가?
― 서울을 며칠만 떠나와도 다시 그 지지고 볶던 아수라 같은 일상이 그리워

지니….

— 부지런히 쉬어 두거래이, 다시 전쟁터에 들어가서 싸우려면 충전이 필요할 테니까.

— 내 당분간은 청와대 쪽은 쳐다도 안 보고 싶다. 자꾸 쳐다보고 연락하면 청탁이나 할 기 뻔하다 아이가? 내 이곳에 올 때도 영사관 같은 곳에는 아예 연락도 안 한 거는 니도 알고 있제?

— 그건 그렇고 오후에 쿠마리[1]를 진짜 만날 거가?

— 용하다 하이, 내 한번 만나보고 싶다!

— 그래 만나면 무슨 소원을 빌 건데?

재강은 늘 철중에 관한 이야기만 나오면 목소리에 힘이 들어가고 오버하는 경향이 있었다.

— 내야, 일편단심 민들레 아니가. 강철중 대통령이 중동구에서 처음 국회의원 나왔을 때 같이 뛰어 본 뒤로는 강철중 광팬 안 되었나?

두 사람은 어느새 쿠마리를 만나려고 모인 군중 속에 있었다. 쿠마리가 반대편 2층 창으로 나온다는 이야기를 듣고 사람들은 그리로 우르르 몰려갔다. 재강과 종수도 그들과 함께 뛰었다.

재강은 빨간 등산용 수건을 목에 두르고 등산모자를 눌러썼으며 얼굴

---

1) 쿠마리(Kumari) : 네팔에서 '살아 있는 여신'으로 추앙받는 소녀

은 시커멓고 수염을 깎지 않아 초라한 몰골이었다. 재강은 2층을 올려다
보면서 놀랐다.

— 이야, 인자 보이 쿠마리가 어린 아네!
— 그래도 이 나라에서는 저 어린 아를 여신처럼 떠받든다. 쿠마리가 축복해
　주면 복을 받는다 하더라!

재강은 애처로운 표정을 지었다.

— 어린 나이에 신이라니 얼매나 힘이 부치겠노?
— 초경을 안 한 어린 여자아이 중에 뽑는다더라. 얼마 전에 국왕도 어린왕자
　를 데리고 쿠마리한테 축복을 받을라고 찾아왔는데 쿠마리가 어린 왕자
　는 축복해주고 국왕한테는 축복을 안 해 주었다 안 하나?
— 그래서?
— 그 뒤 얼마 안 있어 국왕은 교통사고로 죽고 왕자가 국왕이 되었단다. 지
　금 국왕이 그때 쿠마리한테 축복을 받은 그 왕자란다!
— 정말 용한가 보네….

　사람들이 눈 빠지라 올려다보는 2층 건물 안에서 갑자기 바깥을 향해
창문이 열렸다. 이때 화려한 옷을 입고 장신구를 매달고 얼굴에는 짙은
스모키 화장을 한 쿠마리가 나타났다.
　쿠마리는 거만한 태도로 마당에 모인 사람들을 내려다보고 있었다. 재
강은 이국적이고 그로테스크한 쿠마리의 모습 속에서 무서운 네팔 신들

이 여러 개 겹쳤다가 사라지는 환영을 보았다.

재강은 종수를 남겨두고 어느새 사람들 사이를 비집고 쿠마리가 있는 건물 안으로 들어갔다. 여행객은 함부로 쿠마리를 만날 수 없었지만, 재강은 미리 손을 써서 집 안에서 쿠마리를 친견하는 기회를 가질 수 있었다. 재강은 쿠마리가 있는 단 앞에 무릎을 꿇고 앉아 존경의 뜻을 표했다.

쿠마리는 가늘고 긴 소톱을 로봇처럼 움직여 재강의 이마에 빨간 티카를 칠해 주었다. 잠시 후 쿠마리에게 소원을 빌고 돌아서 나오자 종수가 초조한 듯 기다리고 서 있었다.

— 그래, 쿠마리를 만나니 어떻더노?

— 요즘 꿈자리가 하도 이상해서….

— 꿈은 무신 꿈?

— 한밤에 자고 있었는데 사방에 물이 목구멍까지 차올라 오는데 발버둥치다가 꿈에서 깼었다. 잘못하면 물속에 수장될 뻔했다.

— 개꿈이다. 꿈은 반대라 안 하나? 좋게 생각해라.

— 쿠마리한테 대통령님이 사고 없이 잘 지내게 해달라고 빌었다.

— 너도 참 어지간하다. 이 먼 땅에까지 와서 어린 신한테까지 빌 생각을 다 하고….

— 지금이 어느 땐데? 내 이라게 안 생겼나?

— 도대체 지금이 어느 땐데?

— 대통령이 건국 이래로 묵은 것들 다 청소할라는 모양인데 얼마나 힘이 부치시겠노?

종수는 오버하며 물었다.

— 와? 대통령이 청와대에 청소라도 할라고 들어간 기가?
— 종수야, 니 혁명보다 더 어렵다는 기 뭔 줄 아나?
— 뭔데?
— 개혁이다 아이가 개.혁!
— 아하~, 그라믄 대통령이 인자부터 묵은 똥들을 다 푸겠네!
— 하하하하하, 하하하하하.

둘은 한참을 웃었다. 재강과 종수는 쿠마리 집에서 돌아와 포커라
(Pokhara) 호숫가를 산책하다가 호텔로 다시 돌아왔다. 단층으로 된 호텔
정원에는 꽃이 지천으로 피어 있다. 눈앞에는 말로만 듣던 히말라야 영봉
들의 위용이 실로 대단했다.

10

먹구름

철중은 오전에 SDS 경동 스튜디오에서 기자회견을 하고 있는 중이었다. 취임 1주년을 맞이하여 갖는 회견이었는데 강철중 대통령이 앉아 있는 뒤편으로 '취임 1주년 방송기자클럽초청회견'이라는 플래카드가 내 걸렸다. 철중이 기자들의 질문에 답변하는 가운데 여기저기서 카메라 플래시가 터졌다.

— 지난번 대선 때 대통령님은 신한일보와 전쟁을 선포하셨는데, 딱히 그럴
 만한 이유라도 있습니까?

철중은 이 말에 평소 불만이 많았었다.

— 있지도 않은 걸 만들어 내거나 부풀리고 정치판은 언론 눈치를 보면서
 우리 사회가 점차 병들기 시작했습니다. 이런 언론은 거의 조폭 수준

이기 때문입니다.

일시 장내가 웅성거린다.

— 자기들 잘못은 비판받으려 하지 않으면서 마음에 안 드는 상대는 자신들
　마음대로 두들겨 패지요.
— 자기들 잘못이라면?

작심이라도 한 듯한 철중의 답변은 거침이 없었다.

— 언론도 사회의 공기(公器)인 만큼 정기적인 세무조사나 감사를 받아야
　한다고 생각합니다. 제가 이런 말을 하니까 언론들이 저를 길들이겠다고
　나옵니다.
— 언론이 어떻게 길들이기를 한다는 말씀입니까? 좀 더 구체적으로 말씀해
　주십시오.
— 내 뜻과는 달리 자기들 원하는 대로 왜곡하거나 부풀려서 보도를 하는 겁
　니다. 자기들 마음에 안 들면 특종이 될 만한 사안인데도 아예 보도를 안
　합니다. 이거 한마디로 엿장수 마음대로지요….
— 총선이 두어 달 앞으로 바짝 다가왔는데 선거와 관련해서 대통령님의 견
　해를 물어봐도 됩니까?

누가 물어주지 않나 하고 기다리던 질문이었다. 철중은 자기가 만든 당
을 어떡하든 선전해 주고 싶어 기회를 엿보고 있을 때였다. 그것이 정치

적으로 문제가 되는 발언이든 아니든 이것저것 눈치 보지 않을 참이었다.

철중이 자기가 만든 열민당을 위하려는 마음은 마치 어미가 자기새끼를 보호하려고 하는 짐승적인 본능과도 같은 것이었다.

— 총선을 앞두고 국민이 압도적으로 열민당을 지지해 주실 것을 기대합니다.

그는 할 수만 있다면 조금이라도 더 이야기를 이어가고 싶었다.

— 대통령인 제가 뭘 해서 열민당이 표를 얻을 수만 있다면 합법적인 모든 것을 다 해주고 싶은 생각입니다.

— 열민당을 지지해 달라는 말씀으로 들리는데? 그렇게 해석해도 됩니까?

— 대통령인 제가 속한 정당을 밀어주셔야지 제가 힘을 받아 정치를 잘해 나갈 거 아닙니까? 수구적인 정당으로는 나라가 발전할 수 없습니다.

— 수구적인 정당이라면 얼마 전까지 몸담고 계셨던 대한당을 말하는 것입니까?

철중은 이 대목에서는 재빨리 말을 돌려댔다.

— 제가 제 입으로 대한당이 그렇다고 말한 적이 없습니다. 하지만 어떤 정당이 저와 함께할 수 있는 정당인지 아닌지는 알 만한 국민들은 이미 다 알고 있습니다.

말이 떨어지기 무섭게 실내가 갑자기 웅성거리기 시작했다.

한편, 이 시각 대낮. 시내의 한 호텔 일식당에서 관칠은 여당총무와 야3당 총무를 초청해서 정국경색을 타결하기 위해 대화를 시도하는 중이었다.

— 나라 생각을 해 주세요. 이렇게들 막가자면 어떡합니까?

국사당 총무가 받아친다.

— 의장님 말씀이 다~ 옳습니다!
— 이건 파국을 향해 달리는 겁니다. 국민들한테 이런 부담이 지워져서는 안
  돼요. 대화합시다. 정치라는 것이 뭡니까?

하지만 모인 사람들에게는 경색된 정국을 대화로 풀자는 관칠의 말이 귀에 들어오지 않았다. 그들은 이미 자신들이 가야 할 각자의 길들이 있었다. 여당과 야당의 총무들 사이에서 냉랭한 전운이 감돌았고 이야기는 겉돌고 막장을 향해 달려가고 있었다. 다시 관칠이 제1야당인 민국당, 제2야당인 대한당 총무를 향해 사정을 했다.

— 탄핵결의안 내지 말고 강철중 대통령에게 경고결의안을 내는 게 어때요?

야당은 강철중 대통령의 탄핵을 원했다. 거기에 대해 강철중이 속한 여당은 사과도 하지 못하겠다고 버텼다. 아무런 소득 없이 회의를 끝내고 나오자 기자들이 몰려들었다. 야당은 야당대로 여당은 여당대로 제각각으로 강도 높은 톤으로 서로를 비난했다.

제1야당 민국당 총무가 대통령이 속한 열민당을 겨냥해서 비판에 열을 올렸다.

　— 오늘의 파국을 초래한 것은 대통령의 정제되지 않는 언어 탓입니다.

이번에는 제2야당인 대한당 총무가 가세해 비난했다.

　— 오늘의 파국에 대해 대통령과 여당인 열민당에게 전적인 책임이 있습니다….

이야기는 합의점을 찾지 못하고 끝없이 마찰음을 냈다.

　한편 국회의장공관에서는 민국당 대표인 영철로부터 같은 당 소속 국회의장인 관칠에게 전화가 걸려왔다. 이 두 사람은 서로 절친한 고교동창 사이였다.

　— 야당이 탄핵발의를 한다 해도 일이 잘되겠나? 문제는 의장 당신한테 달렸어! 국회에서 경호권이라도 발동해서 탄핵안을 처리해 주라!
　— 이봐, 영철이. 총선이 코앞이야. 총선을 앞두고 국민 앞에 이런 모험을 하지 않는 게 좋아!
　— 나라 꼬라지를 봐라! 이런데도 내 보고 가만있으라는 말이야?

갑자기 영철이 화를 버럭 내고 전화를 끊어 버렸다.

　— (아니 저 사람이!)

11

흔들리는 성

오전 청와대. 철중이 국무회의를 주재하고 있는 중이었다. 때는 3월인데 창밖에는 눈이 내리고 있었다. 눈꽃을 피워 마치 설국에 온 듯한 은세계의 진풍경이었다.

그 풍경 속에는 바다에 쏟아지는 눈과 더불어 눈으로 뒤덮여 버스가 길에서 퍼져 누워버린 모습, 터미널에서 발을 동동 구르고 있는 시민들의 모습이 겹쳐지고 있었다.

─ 대통령님, 폭설이 내려 도로가 두절되고 영동지방에는 농가 피해가 이만저만이 아닙니다.
─ 그러게 말입니다. 정치사정이 안 좋은데 날씨까지 안 도와주어 대통령 짓 해먹기가 어렵습니다. 3월 들어서는 마치 이 더러운 정치판을 눈으로 파묻기라도 할 기세예요.

창을 통해 온통 눈꽃을 피우고 정령처럼 서 있는 키가 큰 나목들의 전경이 실로 장엄했다.

— 민정수석께서 현장 한번 내려가서 피해상황을 파악하고 대책을 마련해 주세요.

이번에는 옆에서 가만히 듣고 있던 시민사회수석이 끼어들었다.

— 대통령님, 지금 한가하게 눈 이야기를 하실 때가 아닙니다.

철중은 시민사회수석을 바라보았다.

— 어제 대한당 정 대표가 공개적으로 대통령님이 SDS 방송에서 한 발언과 관련하여 3월 7일까지 선거중립의무 위반과 대통령님 본인 및 측근비리 등에 대해 사과와 재발방지 약속을 하지 않는다면 8일 이후에는 법적인 책임을 묻겠다고 합니다. 이거 무슨 대책이라도 세워야 하는 것 아닙니까?

가만가만 이야기하던 민정수석이 이 말에 적극적으로 거들고 나선다.

— 그뿐 아닙니다. 검찰이 지난 대선 관련 불법선거자금 수사를 곧 발표할 모양인데 야당인 민국당은 물론이고 우리 열민당도 불법선거자금 수수와 관련이 있다며 끼워넣기식 발표를 할 모양입니다.

이어서 총리인 성진이 성토를 하고 나섰다.

─그러니까, 내 뭐라 했습니까! 검찰이 멋대로 수사하도록 내버려 두는 게 아니라고 하지 않았습니까? 이제부터라도 검찰 길들이기를 좀 해야만 합니다!

성진의 말에 소란이 일자 철중이 서둘러 진화하며 나섰다.

─자자, 그만두세요! 매번 정권이 바뀔 때마다 검찰이 정치권의 시녀가 되는 바람에 지금껏 이 나라가 이 모양 이 꼴이지 않습니까?

하지만 성진은 굽히지 않고 계속 주장을 이어갔다.

─국세청이나 검찰이 자기들 입맛대로 칼춤을 추게 내버려두면 정치를 제대로 할 수가 없지 않습니까? 개중에는 인기에 영합해서 너무 잘 드는 칼을 휘두르는 자도 생겨나지 않나….

철중은 성진을 저지시키며 더 이상의 말을 막았다.

─그냥 내버려 둡시다! 검찰 인사권은 제가 가지고 있지 않습니까? 그런 자는 제가 여기 계신 법무장관을 통해 인사조치를 할 겁니다. 그리고 대한당 정 대표는 나와서 떠들고 싶으면 떠들라고 그러세요! 사는 게 어차피 기싸움하는 거 아닙니까!

철중은 말은 그렇게 해도 속으로는 분이 풀리지 않았다. 회의가 끝나고 사람들이 하나둘씩 떠나간 후 철중은 성진과 단둘이서 말없이 창밖을 바라보는 중이었다.

온통 눈으로 뒤덮여 제 모습들을 식별할 수 없는 하얀 설경을 바라보며 성진이 침묵을 깼다.

— 참 아름다운 풍경입니다.

— 뭐가요?

— 밤새 피운 눈꽃 말입니다. 두 팔 벌리고 가만히 서 있기만 해도 저렇게 아
   름답게 꽃을 피우니 대단한 일 아닙니까?

굵은 눈발이 하염없이 쏟아져 내렸다. 불평 많은 이 세상을 다 파묻어 버릴 기세였다.

— 그런가요? 나는 저걸 보면 세상에 영원한 게 없다는 생각이 들어요. 대통
   령이란 이 자리도 금세 눈꽃처럼 지고 말 것이라는 생각이 들기도 하고….

— 대통령님은 정말 시인이십니다….

— 이 자리에 앉으면 누구나 다 시인이 됩니다.

그렇게 대답하고 철중이 갑자기 호탕하게 웃기 시작하자 성진이 영문을 몰라 물었다.

— 그건 왜 그렇습니까?

창밖을 보는 철중의 눈매는 매서웠고 눈 속에 있는 무언가를 뚫어지게 바라보는 듯했다.

— 천신만고 진흙탕 속 싸움 끝에 이 자리까지 올라왔지만 결국 앉아보니 빈 주먹 쥐고 내려가야 한다는 생각이 들어서 그래요.

성진은 말없이 고개를 끄덕였다. 성진이 나가고 방에 혼자 남아 창밖을 응시하며 독백을 연거푸 하는 철중은 깊은 수심에 빠져들고 있었다.

— (매년 맞는 봄이 이렇게 힘이 드나? 내만 이런 기가? 한 번도 편안하게 봄을 맞아 본 적이 없는 기라.)
— (꽃은 피기나 하는 건가? 3월은 도대체가 모든 게 안절부절이야, 하 참.)

철중은 잔뜩 봉우리만 매단 채 좀체 꽃을 피우지 못하고 있는 눈 덮인 자목련을 바라보고 있었다.

12

음모

한강과 한강 양쪽의 도로가 시원스레 뻗어 있는 모습이 내려다보였다. 63빌딩 현관으로 야당 대표들의 차가 속속 도착하기 시작했다. 차에서 내린 야당 대표들이 엘리베이터를 타고 약속장소로 올라갔다.

중식당에 먼저 와 앉아 있던 민국당 대표 영철은 대한당 대표인 준형, 국사당 대표 동수를 차례로 맞으며 악수한다. 강철중 대통령의 선거개입 건을 처리하기 위해 비밀리에 야3자 회동을 하는 중이었다. 영철이 양당 대표들에게 먼저 말을 건넸다.

— 두 분들 어째 안색이 안 좋아 보이십니다!

준형이 손사래를 친다.

— 아이구, 말도 마세요. 나는 요즘 한잠도 못 잔답니다. 대통령이 아무 말이

나 함부로 지껄이고 다니니, 도대체 나라꼴이 말이 아닙니다.

동수는 손으로 무엇을 털어내는 시늉을 해 보이며 거들었다.

— 그 사람이 나라를 한번 까뒤집어서 탈탈 털어 보려고 작정을 한 사람 같지
   않습니까?

영철도 허탈하고 기가 차기는 마찬가지였다. 강철중이 입만 열면 편을
가르는데 그럴 때마다 도리어 인기가 올라가니까 이게 도대체 어찌 된
일인지 도무지 영문을 알 수가 없었다.
동수는 강철중이 자기 외에는 모두 수구꼴통으로 몰아 자신은 마치 부
도덕한 사람처럼 느껴진다고 곤혹스러워했다.
실내는 담배연기로 자욱했다. 준형이 다시 말을 이었다.

— 기초적인 언행조차 문젭니다. 그동안 자기 스타일이 어땠다고 하더라도
   이 나라의 대통령이 된 지금은 좀 변해야 하지 않습니까? 그런데도 자기
   식대로만 하려고 하고 마구 막말도 해대니 천지에 저런 사람은 둘도 없을
   겁니다!

그들이 앉아 있는 건물 아래로 한강이 시원스럽게 흘렀지만 그들의 이
야기는 꽉 막힌 채 풀릴 기미가 보이지 않았다.

— 그뿐만이 아닙니다. 대통령 못 해먹겠다고 하지를 않나. 권력의 반

을 내놓겠다고 허튼소리를 하지 않나? 권력의 절반을 내놓으려면 뭐하러 박이 터지게 싸워 대통령이 된 겁니까? 도무지 앞뒤가 안 맞는 소리예요!

—파격도 너무 지나친 파격입니다. 일개 국회의원도 아니고 대통령인데 나라 전체를 생각하는 균형 감각이 좀 있어야지. 쯧쯧….

마침내 동수가 강철중의 행보를 규정하는 결정적인 발언을 했다.

—내가 보기는 강철중 대통령의 행보는 파격이 아니라. 파계지요, 파계! 지난 50년간 선배들이 목숨 걸고 피땀 흘려 만들어 놓은 이 나라 질서를 다 엿 바꿔 먹겠다고 작정을 한 것이 아니라면…. 이 나라가 어떤 나라입니까?

대한당 대표 준형은 자기가 몸담던 당을 헌신짝 버리듯 하는 것을 보고 인간적으로 용납할 수 없다고 했다.

그의 말은 모종의 반격을 가할 것을 암시하는 것이었다. 그는 나라가 두 쪽이 나더라도 강철중 같은 배신자는 그냥 두고 보아서는 안 된다고 말했다.

—(쨍그랑!)

이야기가 거의 끝이 나려는 순간 영철의 실수로 자기 앞에 놓인 물이 든 유리잔을 건드리자 유리잔은 바닥에 떨어져 산산조각으로 깨졌다.

당황한 영철은 벨을 눌러 룸서비스를 부르며 자리에서 일어났다.

― 아, 하필 이럴 때 물컵이 깨지고 난리야…. 자자! 각자 당으로 돌아가서 소
　속의원들 잘 설득해 주세요. 탄핵발의를 하자면 집안 단속들 잘하셔야만
　할 겁니다.

그들의 기세로 보아 필시 무슨 일을 낼 것만 같았다.

13

죽음의 춤

밤 시간. 관칠이 국회의장실에 앉아 있는데 국회의사국장으로부터 전화가 걸려왔다.

— 의사국장입니다. 오후 6시 20분에 야당의원 159명 서명으로 대통령 탄핵
　소추안이 국회에 접수되었습니다.

관칠은 천천히 수화기를 내려놓았다.

— (드디어 일들을 냈구만, 일을 냈어!)

갑자기 관칠은 깊은 외로움을 느낀다. 마치 망망대해에 혼자 떠 있는 느낌이랄까, 군중 속에 고독이랄까 마구 흔들리는 심적인 동요를 느꼈다.

— (어쨌든 내가 대통령을 탄핵하기 위해 의사봉을 쥐는 일은 없어야 안 되
　겠나?)

　관칠은 청와대에 있는 대통령 비서실장에게 전화를 걸었다. 관칠은 앞
서 각 당 대표들과 대통령과의 면담을 제안해 놓은 상태였다.

— 의장님이십니까? 말씀하신 대로 대통령님한테 전달했습니다. 그런데 뜻
　은 고맙지만 지금 너무 지쳐 있어서 만나실 수가 없다고 하십니다.

　청와대 비서실장의 답변에 관칠은 어이가 없었다.

— 정말? 그게 대통령님의 뜻이란 말입니까?
— 그리고 잘 알고 계시겠지만, 각하는 내일 아침 10시에 자신과 관련한 입장
　을 특별기자회견을 통해 발표하실 예정으로 있습니다. 그 준비 때문에라
　도 시간을 내기가 어렵다고 하십니다.

　관칠은 단단히 화가 났다.

— 이봐요, 실장님! 대통령이 기자회견도 중요하지만 먼저 각 당 대표와 만
　나 합의를 한 후에 그것을 바탕으로 국민에게 기자회견을 하는 것이 순서
　가 아닙니까?
— 예, 하지만 전들 어쩌겠습니까…?

전화기를 붙잡은 두 사람 사이에 잠시 정적이 흘렀다.

— 예, 알겠습니다. 할 수 없죠.

관칠은 전화를 끊고 나서 뭔가 묘한 듯 생각에 사로잡혔다.

— (지금 이 사람 파국을 원하고 있는 거 아이가? 탄핵을 가지고 한 건 할라
고 하는 거 아이가 말이다….)

고개를 옆으로 흔들며 부정한다.

— (아이다, 아일 끼다. 설마? 일단 내일 기자회견이나 한번 지켜보자.)

한편 철중은 정치특보 임명식을 마치고 참모들과 함께 대통령 집무실
로 걸어 들어가 대화를 나누고 있는 중이었다.

— 앞으로 총선 결과에 따라 야당과의 연대 내지는 여러 정당이 동거 정부를
구성해야 할지도 모릅니다. 이런 시점에서 문 특보의 역할이 중요합니다.
— 잘 알겠습니다. 그런데 국회의장이 비서실장을 통해 대통령님께 4당 대표
회담을 제의했다는 이야기를 들었는데 어떻게 하면 좋겠습니까?
— 마, 그건 일단 거절했습니다. 4당 회합이니 뭐니 해서 대통령이 끌려나가 무
슨 큰 잘못이나 있는 것처럼 국민들에게 보이려고 하는 겁니다. 다선 의원
들은 꼬리가 아홉 개 달린 불여우들 아닙니까. 모두 총선을 겨냥한 겁니다.

— 국회로 탄핵이라는 공이 넘어가려고 하니까 국회입장에서 자기들도 노력하고 있다는 일종의 면피용 같은 거 아니겠습니까?

철중이 흠칫하며 놀란다.

— 탄핵? 금방 탄핵이라 했습니까?
— 예, 탄핵….
— 아니, 이게 무슨 탄핵 사유나 됩니까? 그쪽 사람들 이젠 별짓을 다 하는구만!

철중은 분을 이기지 못했다.

— 억울하면 뭐 출세를 하라 캐서 내 출세를 했는데 인자는 가방끈 짧고 근본 없는 놈이 거들먹거리며 돌아다니는 것도 차마 눈뜨고 못 봐주겠다 뭐, 그런 말 아닙니까?

문 특보는 난감해졌다.

— 탄핵을 한다고 온 사방을 떠들썩하게 만들어 놓아 그런지 이제는 자기들도 되물릴 수도 없는 모양입니다.
— 그 사람들 지금 합법적인 내란을 일으키겠다는 겁니다. 아니, 내가 닉슨처럼 야당을 도청을 했어, 클린턴처럼 르윈스키하고 무슨 썸을 탔어?

철중은 어이가 없어 하며 자리를 박차고 일어섰다.

─자기들이 수십 년 동안 싸 발려 놓은 똥을 치우려고 청와대에 청소
　부로 들어와 땀 흘리는 사람한테 이렇게 나오면 섭섭하지, 안 그래요
　문 특보?
─예, 그쪽 사람들 아마 제정신이 아닌 듯합니다.
─쪽수가 많은 야당이야 다수결의 원리 내지 의회주의라고 떠들어대겠지만
　이건 의회가 독재를 하겠다는 거예요! 우리 헌정 이래 한 번도 대통령 탄
　핵조항을 써먹지 않은 이유가 도대체 뭐겠어요?

옆에 듣고 있던 비서실장인 재호가 나선다.

─지금 야당이 탄핵소추를 하기 위해 급박하게 돌아가고 있습니다. 야당의
　일부 양심적인 소장파의원들이 다른 목소리를 내는 때인 만큼 대통령님
　께서 미리 힘 빼기를 좀 해 주시는 것이 어떻겠습니까?

하지만 철중은 외면했다.

─그냥 내버려 두세요. 탄핵발의만 하려고 해도 국회의원 271명의 과반수
　면 136명이 있어야 합니다. 야당 몇 개가 합쳐 어찌어찌 탄핵발의는 한다
　고 해도 국회에서 저를 탄핵하자면 국회 재적 3분의 2가 있어야 해요. 그
　건 거의 불가능한 일이에요.

이때 순구가 한마디 거들고 나섰다.

— 만에 하나 어찌 될까 몰라서 소속의원들에게 국회 본회의장을 떠나지 말
라고 해두었습니다. 지금 의원 40여 명이 본회의장에서 혹시라도 있을 불
상사를 막기 위해 대기하고 있습니다.
— 탄핵발의를 하고 말고는 국회의 권한 아닙니까? 내 생각에는 지금 야당이
나를 탄핵한답시고 현안 민생법안들을 실종시킬 경우 총선에서 국민의
매서운 심판을 받게 될 것이 틀림없습니다. 그거 결국에는 우리한테 이익
이 될 것이 분명합니다.

문 특보가 맞장구쳤다.

— 지당하십니다.
— 틀림없을 겁니다. 제 말 한번 믿어보세요! 나도 명색이 변호사 출신인데
기자들이 질문에 몇 마디 답변한 것을 가지고 불법선거운동을 했다고 보
기는 어렵습니다. 그것으로 탄핵이 된다면 누가 대통령을 해 먹어요. 안
그래요, 실장님?
— 예, 하지만 대통령님의 뜻도 납득이 가기는 하지만 여기 계신 다른 분들
의 중론도 그렇고 하니 간단히 사과하는 모양새를 갖추는 것이 어떻겠
습니까?
— 실장님, 의연하게 대처하십시다. 저들이 떠들어 댄다고 해서 대통령인 제
가 매번 고개 숙인다면 앞으로 남은 임기 동안 맨날 이러고 살 겁니까?

철중은 순구에게 주문했다.

— 국회로 돌아가셔서 야당의 부당한 정치공세에 대해서는 일체 대응하지
   말고 그냥 집에 돌아가 편히 쉬라고들 하세요!

한편 국회의장실에는 사람들의 발걸음이 잦아지기 시작했다. 복도에는
뭔가 잘 안 풀린다는 듯이 고개를 갸웃거리면서 여당의 원로인 오승룡 의
원이 국회의장실을 찾았다.
   의장실 입구에는 야당의원들이 모여 어수선한 가운데 관칠은 걸어 들
어오는 오 의원을 맞으며 인사했다.

— 어서 오세요. 오 의원! 요즘 고민이 많~겠습니다!
— 박 의장! 이거 꼭 이렇게 해야 하는 거요? 그래도 정치 9단이 나서면 무슨
   방도가 있을 것 아닙니까. 국민들도 좀 생각합시다.
— It's too late. 대통령이 완고해서 협상이고 뭐고 다 물 건너갔습니다.

오 의원은 관칠을 설득하는 일을 포기한 듯 실망스런 표정을 지었다.

— (하 참, 이러면 안 되는데, 이러면 안 돼!)

— 오 의원님은 정말 이렇게 될 줄 몰랐다는 말입니까? 강철중 대통령이야
   경험이 없어 그렇다손 치더라도 명색이 당내 원로라는 오 의원은 도대체
   일이 이렇게 되도록 그동안 어디서 무엇을 하고 계신 겁니까?

— 허, 참! 이 사람이 인자 나까지 물귀신으로 만들라고 하는구만!

관칠은 어디 한번 할 테면 해보라는 식으로 역정을 내며 휙 나가버리는 오승룡 의원의 뒤를 안타까운 듯이 바라보며 중얼거렸다.

— (저 사람, 여기까지 왔다는 걸 알리려고 일부러 온 거 아니야? 자기들은 탄핵을 저지하기 위해 끝까지 노력했다는 명분을 쌓으려고 말이야…)

14

치킨게임

벽시계가 오전 10시를 가리킨다. 대통령은 야당과 먼저 대화로 문제를 풀자는 관칠의 요청에도 국민을 상대로 기자회견을 열고 있는 중이었다.

야당이 요구하는 사과를 거절한 철중은 자신의 탄핵처리 시한을 하루 앞두고 특별기자회견을 자청해 회견문을 낭독하고 있는 중이었다.

― 아시다시피 금번 검찰의 불법대선자금 수수사건과 관련하여 여야가 연루되었다는 검찰의 발표가 있었습니다. 이를 낱낱이 밝힌 후에 곧 다가올 총선에서 국민의 심판을 겸허히 받아들여야 할 것입니다.

여기저기서 카메라 플래시가 터졌다.

― 본인은 지난 대선에서 여당인 우리가 야당인 민국당이 받아 쓴 불법정치자금의 10분의 1 이상을 받아썼다면 본인은 정계를 은퇴할 용의가 있다

는 말을 했습니다. 본인은 지금도 그 발언에 대해 책임질 자세가 되어 있습니다.

이 말에 갑자기 장내는 웅성거리며 소란해진다.

— 그리고 최근 검찰수사를 통해 밝혀진 저의 측근에 대한 수사와 사법처리에 관련해서는 국민 여러분들에게 송구스럽게 생각합니다.

장내는 쥐 죽은 듯이 고요했다.

— 현 정국은 시끄럽지만, 혼란이 아닙니다. 건국 이래 불거져 나온 온갖 잘못된 행태를 바로잡기 위한 과정에서 겪는 진통일 뿐입니다. 이 과정을 잘 마무리한다면 한 단계 수준 높은 국가로 도약할 것입니다.

철중의 회견문발표가 끝나자 기다렸다는 듯 기자들의 질문이 이어졌다.

— S신문사의 정필도 기자입니다. 이번 야당의 탄핵소추발의 움직임에 대해서는 한 말씀도 없으셨는데?

철중은 다소 오버하는 모습을 보였다.

— 최초로 대한당이 나를 탄핵이니 뭐니 해가며 공격하는 것은 뜻이 달라

서 어쩔 수 없어 갈라서서 딴 길을 가는 사람한테 함께 안 살아 준다고
떼를 쓰는 것과 같습니다. 지금 야당이 저를 탄핵하겠다는 것은 청와대
와 여당을 위험에 빠뜨려서 총선에서 야당이 압승하기 위한 계략이라고
생각합니다.

— A 방송국의 허만오 기자입니다. 그러면 앞으로 어떻게 대처하실 생각입
니까.

— 정치공세에는 일체 굴복하지 않을 것입니다. 저와 열민당은 앞으로 당당
하고도 의연하게 대처를 해 나갈 것입니다.

지금 그 시각 서울역 광장에서는 사람들이 TV 앞에 모여 철중의 기자
회견을 시청하고 있었다.

철중이 속한 여당인 열민당 당사에서는 당직자들이 두 주먹을 쥐며 철
중을 응원했다. 기자들은 일문일답을 하며 좀처럼 철중을 물고 놓아 주
지 않았다.

— 지난 송년모임에서도 '대한당을 지지하면 민국당을 돕는 일'이라고 하셨
고 대선불법정치자금 규모가 민국당의 10분의 1을 넘으면 사퇴하겠다고
해서 실제로 야당인 민국당을 자극하신 거 아닙니까?

철중은 이런 말에는 몹시 억울해했다.

— 미국의 경우 대통령이 거짓말을 하면 탄핵을 합니다. 자기가 지지하
는 정당을 선전한다고 해도 아무 문제가 안 돼요. 우리 열민당이 민국

당이 쓴 불법선거자금 규모의 10분의 1에 못 미친다는 것은 다 근거가
있어 드린 말씀입니다.

10분의 1이라는 이야기가 나오자 장내가 다시 술렁인다.

— 지난 정권에서 대통령들이 자기 당을 지지하는 발언과 행동들을 수도 없
　이 쏟아 놓았지만, 그로 인해 어떠한 문제가 된 일이 없습니다. 그런데 유
　독 왜 저 강철중입니까? 저같이 근본 없는 사람은 대통령으로 인정하지
　못하겠다고 하는 것 아닙니까?
— B 신문사의 김성오 기자입니다. 미국은 법에 대통령의 선거 중립의무가
　없습니다. 그리고 개혁을 한다는 현 정부가 지난 군사정권과 비교해서 현
　안을 설명한다는 것은 적절치 않아 보입니다. 과거에는 이번 경우처럼 중
　앙선관위가 대통령에게 경고조치를 내린 바도 없었고요.

　철중은 기자의 질문이 아니꼬웠다. 자신을 헐뜯는 대표적인 말들이었
기 때문이었다.

— 그런가요? 질문하신 기자님은 사건의 본질을 잘 보지 못하시는구만요. 저
　강철중이 얼마나 만만하면 헌정 이래 최초로 일개 행정기관인 선관위가
　대통령인 저에게 경고까지 했겠습니까?
— K 방송의 김민기 기자입니다. 대통령님은 노란 행복돼지 저금통 100만 개
　를 정치헌금으로 받아 사용함으로써 깨끗한 이미지로 국민들의 선택을
　받았습니다.

이 말을 듣고 있는 철중의 눈에는 서서히 물기가 머금기 시작했다.

— 하지만 불법선거자금의 수수로 인해 전 청와대 비서관 등 측근들이 구속
되고 특히 대통령님의 친형이 뇌물을 받는 불상사가 발생했는데 이 점에
대해 대통령님께서 한 말씀 해 주셔야 하는 것 아닙니까!

철중은 전과는 달리 몸 둘 바를 몰라 했다. 자기의 가장 쓰라린 약점을
찌르며 들어오는 질문이었다. 이런 종류의 질문이 날아오면 무조건 몸을
낮추고 보아야 한다고 철중은 생각했다.

— 아까 김민기 기자님이라 하셨나요? 어떤 질문보다 제 마음을 아프게 하는
질문이네요.

말을 잇지 못하고 더듬거리며 얼굴에는 붉은 홍조마저 보였다.

— 하지만 제 친형의 경우만 해도 이 문제가 어디 제 가형(家兄) 한쪽만의 잘
못이겠습니까. 대한건설 채정민 대표이사처럼 출신 좋은 가문에 일류대
를 나오신 분이 순진하고 어리숙한 농부인 대통령의 형을 찾아가서 머리
조아리면서 돈 주고 인사청탁하는 것이 더 문제 아닙니까. 앞으로 아무것
도 모르는 시골 농부를 그대로 내버려 두면 좋겠습니다.

철중은 힘겹게 기자회견을 이어가며 그렇게 산을 넘어가고 있었다.
반면 국회의장실에서는 탄핵을 추진하는 민국당 대표와 원내총무, 당

사무총장 등 소속의원들이 모여 대통령의 특별기자회견을 유심히 지켜보고 있었다.

— 캬하! 저저 봐라 인 두꺼비 어찌 저리 두껍겠노? 많은 사람들을 TV 앞에 모아 놓고 나라를 시끄럽게 해서 대통령으로서 죄송하다고 사과하는 말은 일언반구도 없구만 쯧쯧!

— 탄핵을 다가올 총선과 연계해서 이벤트로 활용하겠다는 속셈 아니겠습니까. 저 눈빛에 한 건 하겠다는 계략이 안 보입니까? 우리가 자기들 10배나 해먹었다고 떠들어 대면서 이제는 여유까지 있네요. 과연! 물건은 물건입니다. 저러니 대통령을 해 먹는 거겠죠?

기자회견을 하는 강철중의 모습이 모니터를 통해 계속 방영되고 있었다.

— 저 자신만만해하는 모습을 보니 확실히 무슨 음모가 있어요.

— 자꾸 개혁! 개혁! 하는데 도대체? 누굴 개혁하겠다는 말이야! 자기 쪽 사람 말고는 다 수구꼴통이라는 거야 뭐야?

민국당 원내총무는 혀를 찼다.

— 주변 참모들이 사과하라고 건의도 많이 했을 것인데 과연 강짱답네요.

15

점입가경

낮 시간 시내 기사식당 안에 있는 TV에서는 '대한건설 채정민 사장 한강에 투신'이라는 제하에 방송이 흘러나왔다. 채정민 사장이 11시에 집을 나와 마포대교 남단에 도착한 뒤 신발을 벗고 한강에 투신하는 CCTV에 잡힌 영상이 보도되고 있었다.

TV에는 '회견 중 대통령 경솔한 실명거론이 죽음 불러', '대한건설 채정민 사장 한강에 투신자살'이라는 자막이 깔렸다. 뉴스를 전하는 리포터의 목소리는 상황의 위급함을 대변해주고 있었다.

— 오늘 오전 11시 30분경 마포대교 남단에서 대한건설 채정민 사장이 한강에 투신자살했습니다. 채 사장은 오늘 오전 대통령의 특별기자회견장에서 대통령의 형을 찾아가 청탁했다면서 자신의 실명이 방송을 통해 알려지자 이를 참지 못하고 한강에 투신자살한 것으로 보입니다. 정치권에서는 벌써부터 대통령의 잘못된 언행에 대해 책임공방이 이어

지고 있습니다. GTB 뉴스 남진국입니다.

채 사장이 신발을 벗고 한강에 투신하는 장면이 반복해서 방송되고 있었다. 시민들은 식당에서 밥을 먹으며 TV에 나오는 자살사건 보도를 뚫어지게 보고 있었다.

— 나라가 어쩌다 이 모양이고? 완전 막장이네!
— 대통령이 입 좀 다물고 잠시 있었으면 좋겠다.
— 젊은 사람 나이 든 사람, 배운 사람 못 배운 사람, 가진 사람 못 가진 사람들이 서로 갈려서 매일 싸우니 지켜보고 있는 내도 헷갈린다, 먹고사는 것도 힘이 드는데 정치는 개판이고 국민들한테 조금도 도움이 안 돼요, 도움이!
— 다 나라가 잘 될라고 하는 몸부림인 기라. 좀 시끄럽기는 하지만 결국에는 잘되어 갈 거다.
— 하이고 빙신. 이기 잘될라고 하는 징조가? 벙어리 삼룡이가 나오더라도 강철중보다야 정치 더 잘 안 하겠나?
— 이 짜슥아, 터진 입이라고 함부로 지껄이지 마라, 진정성 하나만큼은 강철중이를 따라갈 사람이 없다.
— 진정성? 그거는 뭐하는 데 쓰는 건데?
— 야, 너거 집구석 단속이나 잘해라! 저번에 보니까 니 마누라 바람피운다고 주변에 소문이 다 퍼졌더만. 니가 얼만큼 찌지리 짓하고 다니면 여편네가 그라겠노?
— 이 새끼야 말 좀 가려 가면서 해라!

― 그리 꼽으면 대학 나온 니가 정치해라. 니는 자알~ 할 끼다!

― 이 새끼 죽여 버린다!

두 사람이 달려들어 얽혀서 술판을 엎고 출입문 쪽으로 가서 유리창을 깬 지도 모른 채 나뒹굴었다.

한편 국회의장실에서는 관칠이 책상을 두 주먹으로 치며 곤혹스러워하고 있었다.

― (이거 충돌직전이다. 그렇다고 올라온 탄핵안을 처리할 수도 없고….)

관칠은 인터폰을 통해 국회사무총장을 불렀다. 사무총장은 전화를 받고 막 들어서고 있었다.

― 무슨 수가 없겠나? 대통령이 오전에 기자회견을 한다면서 사태를 진정시
  킨 것이 아이라 타는 불에 기름을 들이부어 버렸다!

― 국회에 제출된 대통령 탄핵안은 내일 저녁 6시 20분까지 처리 마감시한
  인데 시간이 없습니다. 내 생각에는 본회의에 바로 올리지 말고 법사위에
  올려서 먼저 논의하도록 하는 것이 어떻겠습니까. 열기도 좀 식히고 시간
  도 벌고….

― 그라자면 각 당 원내총무들과 합의를 해야 안 되나? 빨리 연락해보소. 지
  금이 몇 시고?

관칠이 정면에 있는 벽시계를 응시하자 오전 11시를 가리키고 있다. 급히 어디론가 사라지는 국회사무총장. 관칠은 초조하게 답변이 오기를 기다렸다. 벽시계는 다시 1시간이 경과된 정오를 가리켰다. 사무총장은 사무실로 허겁지겁 달려 들어왔다.

— 그래, 어찌 되었노?
— 말도 마이소! 사람들이 도통 말이 안 통합니다.

관칠은 잠시 생각에 잠겼다.

— 그냥 내 몰라라 하고 방치하자니 국회가 식물국회가 될 것 같고 밀어붙이자니 대통령을 탄핵소추하는 최초의 국회의장이 될 거고…. 이거, 진퇴양난이네. 어찌하면 좋겠노?

시간은 흘러 벽시계가 밤 10시를 가리켰다. 국회 본회의장은 여야가 대치 중이었다.
관칠은 회의를 진행하기 위해 본회의장에 들어가려고 시도해 보았지만 탄핵을 반대하는 여당의원들에게 가로막혀 들어가지 못하고 그냥 돌아서 나오며 중얼거렸다.

— (지척에 있는 의장석이 인자는 천 리 길이 되어 버렸네….)

잠시 후 관칠은 의장실에서 나와 다시 본회의장으로 가려고 재시도했지만, 이번에도 역시 여당의원들이 못 가게 막아섰다.

— 의장님, 못 들어가십니다!
— 이 사람들아! 싸움을 해도 의장을 의장석에 앉혀 놓고 해야지 힘으로 막
  으면 이게 무슨 국회냐?

승강이 끝에 시계는 밤 11시를 가리켰다. 다시 의사당 진입을 시도해
보는 관칠은 여전히 여당의원들에게 막혀 들어가지 못했다. 화가 난 관칠
은 여당의원들을 향해 소리쳤다.

— 이렇게 힘으로 막으면 나도 국회의장 고유권한을 행사할 거야! 오늘은 내
  그냥 가겠지만, 내일은 어떤 한이 있어도 내한테 주어진 권한을 행사하고
  말 거야!

관칠은 할 수 없이 의장실로 돌아왔다. 조금 있자 민국당 대표 영철이
관칠의 방을 찾았다.

— 박 의장! 오늘 통과시켜야지! 처리 마지막 날인 내일은 더 어려워질 거니
  까 다시 회의를 속개하자!
— 이런 상황에서 무슨 의사봉을 어떻게 잡는다 말이가? 의장인 나보고 날치
  기라도 하라는 말이가! 내가 어디 한두 살 먹은 어린아인 줄 아나?

옆에 있는 국회사무총장이 끼어들어 관칠을 지원하고 나섰다.

— 의장님이 오늘 산회를 선포하고 나오셨는데 어떻게 다시 열 수가 있겠습니까? 오늘은 안 됩니다.

관칠은 영철을 설득하려고 애를 썼다.

— 이봐, 영철이! 마지막까지 정치의 힘을 믿어보자. 군사독재 때도 이러지는 안 했잖아!

영철은 얼굴이 붉으락푸르락해서 하는 수 없어 자리를 떴다. 곧이어 옆에 서 있던 사무총장도 나가자 관칠은 퇴근을 서둘렀다. 하지만 이번에는 반대로 의장실 앞에서 기다리고 있던 탄핵을 추진하려는 자기 당 소속인 야당의원들이 관칠의 퇴근길을 막아섰다. 퇴근도 하지 못하게 된 관칠이 야당의원들을 향해 소리친다.

— 너거들은 내 퇴근도 못하게 하나?
— 의장님! 퇴근하시고 만에 하나 열민당 사람들이 의장 공관으로 몰려가서 밖으로 나오지도 못 나오도록 감금이라도 해버리면 어찌할 겁니까? 그라지 말고 오늘만 우리하고 그냥 여기서 기다리다가 탄핵안 처리하입시다!

관칠을 퇴근하지 못하게 하는 야당의원들로부터 관칠은 한 발자국도 벗어날 수가 없었다.

16

운명의 날

관칠은 의장실에 감금되어 뜬 눈으로 밤을 지새우는 중이었다.

─펑!!!

새벽이 되어 기지개를 켜려는 순간 창가 쪽에서 갑자기 폭발음이 났다. 관칠은 창밖으로 고개를 내밀어 본관입구를 내려다보았다. 술 취한 40대로 보이는 남자가 지프를 몰고 와서 국회본관 입구를 들이받고 차량에 불을 붙이고 고함을 질러 대고 있었다. 대통령 탄핵에 불만을 품은 취객이 술을 먹고 행패를 부리는 중이었다.

─참, 어처구니가 없네. 이 새끼! 대한민국 국회를 뭘로 보고 이러는 거야! 이건 완전히 국회가 농락당하고 있는 거다, 농락!

관칠은 뒷짐을 지고 방 안을 이리저리 걸어 다닌다.

— (그냥 두고 볼 수 없는 일 아이가? 엄연하게 국회의원 재적과반수로 발의
한 의안처리를 못 하게 막으려고 하는 짓들 아이가!)

아침부터 의장실 주변은 시장통을 연상케 했다. 내외신 기자, 당직자,
사무처 직원들로 발 디딜 틈이 없었다. TV 방송사들은 임시데스크를 설치
하고 국회의 혼란한 모습을 전국으로 생중계하고 있었다.

아침이 되자 국회의장실 밖이 갑자기 소란스러워졌다. 여당 김근길 총
무가 관칠을 만나기 위해 의장실로 들어오려다가 복도를 지켜선 야당의
원들의 저지로 들어오지 못하고 승강이를 벌이는 소리였다. 국회의장을
만나려고 왔는데 탄핵을 추진하는 야당의원들이 못 들어가게 하자 소란
스러워진 것이었다.

— 뭐가 무서워서 의장을 못 만나게 하는데? 도대체 당신들 지금 이게 무슨
짓들이야!
— 무슨 짓은 무슨 짓! 그건 당신이 더 잘 알 것 아니야?
— 이거 쪽수가 많다고 막 밀어붙이는 모양인데 군부독재 때와 뭐가 다른데?
— 마, 시끄럽다! 설마 하다가 인자 진짜 탄핵을 할라 하니까 놀라서 의장한
테 가서 두 손 싹싹 빌고 사정이라도 할 모양이지?

의장실 안에 있던 관칠이 복도를 향해 소리쳤다.

― 김 총무를 안으로 들여보내세요!

관칠의 불호령 소리에도 야당의원들은 귀를 막았는지 좀체 말을 듣지 않았다. 김 총무도 할 수 없다는 듯 체념하고 발길을 돌렸다. 이를 알아차리고 관칠은 급히 인터폰으로 비서를 호출했다.

― 김 비서! 빨리 가서 김 총무에게 내 휴대전화 번호를 알려주고 밖에서 나한테 전화를 하라고 그러세요!

사람들에게 가로막혀 의장실 안으로 들어가지 못한 김 총무는 돌아서 나오며 건물입구에서 진을 치고 있던 기자들 앞에서 야당을 성토하느라 열을 올렸다.

― 국회의장을 만나려고 해도 야당의원들이 못 들어가게 해서 이렇게 돌아서 나오는 길입니다! 내 분명히 경고합니다! 만일 대통령을 탄핵을 한다면 민란이 일어나게 될 거야, 민란!

이때 김 비서가 의장실로 급히 뛰어들어 왔다.

― 그래, 내 번호 가르쳐 주었소?
― 예, 밖에 나가시면 의장님한테 전화를 걸어 달라고 부탁을 하고 의장님 전화번호를 알려 드렸습니다.
― 필시 이곳까지 찾아올 정도면 대통령이 국회에 와서 사과를 한다든지 하

는 무슨 긴한 제안이라도 가지고 왔을 거 아니겠나? 기다려 봅시다. 그런데 지금이 도대체 몇 시고?

벽시계는 오전 9시를 가리킨다. 시계는 9시 30분, 다시 10시를 가리키고 있는데도 건물 밖으로 나간 김 총무로부터는 아무런 연락도 없었다. 의자에 몸을 깊숙이 묻은 채 전화 오기만을 기다리고 있던 관칠이 갑자기 자리를 박차 일어나 방 안을 이리저리 걸으면서 혼자 웅얼거렸다.

— (이상하다? 전화가 와야 하는 시간인데. 혹시 이 사람 기자들한테 자기가 왔다갔다는 걸 보여주기 위해 쌩 쇼한 거가, 지금?)

이때 의장 정무수석비서관으로부터 전화가 걸려왔다.

— 의장님, 본회의장 내 성원이 완료되었습니다! 급히 오셔야겠습니다.
— 알았어요!

전운이 감돌았다. 관칠은 국회에 제출된 대통령에 대한 탄핵소추안건을 그냥 방치할 수 없다고 생각했다. 그는 그 자리에서 다시 국회사무총장에게 전화를 걸었다.

— 총장님, 지금 정무수석으로부터 탄핵소추의결을 위한 성원이 완료되었다는 연락을 받았어요. 제가 가서 사회를 볼 수 있도록 만들어 주세요!
— 의장님 그럼 국회질서유지권이라도 발동하라는 말입니까?

— 지금 어쩔 수 없지 않소?

그때 갑자기 대통령 탄핵을 추진하는 야3당 원내총무들이 헐레벌떡 국회 의장실로 뛰어들어 왔다.

— 지금 단상에 있는 의원들은 우리 야당의원들이 끌어내릴 테니까, 의장님은 사회만 보시면 됩니다!
— 알았어요, 내 당신들 말 믿을 테니까. 먼저 가서 자리 정리부터 하세요!

의장석은 대통령 탄핵을 반대하는 여당의원들이 점거하고 있었다. 오전 11시 정각. 야당의원 누군가가 장내의 모습을 살펴보고 나와서는 진입하라는 손짓을 하자 국회경위들을 앞세우고 야3당 의원들이 들이닥쳐 본회의장은 순식간에 아수라장이 되었다.

국회경위들은 3명이 한 조가 되어 의장석을 점거하고 있던 여당의원들에게 달려들어 한 명씩 의장석 밖으로 들어내었다. 그리고 그 빈자리를 탄핵을 추진하려는 야당의원들이 차지해 나가기 시작했다. 여당의원들은 국회경위들에게 끌려나가면서 결사적으로 저항했다. 대통령의 복심이었던 한 의원이 절규하듯 소리쳤다.

— (이놈들아! 이 무례한 놈들아! 네놈들은 역사의 심판을 면치 못할 것이다~!)

여당의원들은 끌려나가지 않기 위해 결사적으로 몸부림을 쳐 보지만 역부족이었다. 그들은 끌려나가면서 의장석을 향해 소리를 쳤다.

— '야이! 천벌을 받을 놈들아!' 너희들이 무슨 권한으로 국민이 뽑은 대통
  령을 탄핵한단 말이냐, 이러고도 너희들이 온전할 줄 아느냐!'

여기저기서 아우성치는 소리가 빗발쳤다. 본회의장으로 입장하던 관칠
은 이 장면을 지켜보며 난감해했다.

— (이거, 완전히 날치기 때 모습하고 똑같네…)

관칠은 장내 소란스러운 모습을 보고 실망하고 돌아서 나오려 했지만,
탄핵을 추진하려는 야당의원들이 관칠의 퇴로를 막고 밖으로 나오지 못
하게 하는 동시에 자기들의 몸으로 관칠을 의장석으로 밀어 올리기 시작
했다.
관칠은 인파에 떠밀려 조금씩 의장석 쪽을 향해 가는 중이었다. 관칠은
가까스로 의장석에 앉아 의사봉을 잡을 수 있게 되었다.

— 지금부터 야당이 제출한 강철중 대통령에 대한 탄핵소추안을 상정하도록
  하겠습니다. 본 의안 처리는 무기명 투표로 하겠습니다.

투표하겠다는 소리에 다시 항의하는 여당의원들의 고성으로 장내가 시
끄러워지자 관칠이 진정을 시키려 애를 썼다.

─에~, 지금부터 대통령 강철중에 대한 국회탄핵소추안표결을 시작하
    겠습니다.

이를 지켜보고 있던 열민당 의원들이 의장석을 향해 소리친다.

─ 의장은 물러가라! 중단하라!

열민당 의원들이 표결라인 안으로 들어오지 못하도록 야당의원들과 국
회경위가 둘러선 상태에서 질서정연하게 투표가 시작되었다. 끌려나갔던
여당의원들은 다시 격렬히 소리치기 시작했다.

─ 공개투표 무효, 표결무효!

잠시 후, 대통령에 대한 탄핵소추를 위한 표결과 집계를 마치자 쪽지를
전해 받은 관칠은 지휘봉을 집어 들고 결과를 발표하기 시작했다.

─ 투표결과를 말씀드리겠습니다. 총 투표수 195표 중 가(可) 193표, 부(否)
    2표로 헌법 제65조 2항에 의해 강철중 대통령에 대한 탄핵소추안은 가결
    되었음을 선포합니다. 땅땅땅!

의장이 의사봉을 내려치자 멀리서 이를 지켜보던 열민당 의원이 구
두를 벗어 의장석을 향해 날렸고 구두 짝들이 허공을 날아다녔다. 이
가운데 여전히 마이크를 붙잡고 있는 관칠은 떨리고 긴장된 모습으로

말을 이어갔다.

— 이 불행한 사태는 여러분 스스로가 초래한 자업자득입니다! 대한민국은
   어떠한 일이 있더라도 전진해 나가야 합니다!

말이 떨어지자 소추안을 통과시킨 야당 국회의원들이 환호하며 소리
친다.

— 만세! 대한민국 만세!

이를 지켜보는 열민당 의원들이 비웃었다.

— 대한민국 만세? 웃기고 있네! 이게 대한민국 만세를 부를 일인가. 자기들
   이 뭘 잘했다고!

관칠은 국회경위와 야당의원들의 호위 속에서 본회의장을 떠밀려
나갔다.
방송에서는 '대통령 탄핵소추안 통과' 자막과 더불어 국회의 탄핵소추
의결과정과 관련된 영상을 반복해서 내보내고 있었다. 사람들은 길을 가
는 도중 TV 앞에 서서 탄핵소추가 통과되는 과정을 방송을 통해 지켜보
고 있었다.
탄핵소추안 통과 후 회의장에 남은 열민당 국회의원들은 스크럼을 짜
고 눈물을 흘렸다. 그리고 탄핵 쿠데타를 막지 못한 것을 국민들께 사죄

드린다며 고개를 떨구었다.

이 모습은 방송을 통해 여과 없이 전국으로 나갔다. 시민들은 대통령 탄핵소추가 된 상태에서 앞으로 어떻게 되는지를 몰라 충격에 휩싸였고 시민들은 다소 피곤하고 분노한 표정들이 역력했다.

전국의 고속버스, 선박, 공항터미널에 있는 시민들의 모습과 인터뷰 내용을 순차적으로 보도하고 있었다.

이 광경을 지켜보고 있던 술꾼들은 탄핵을 안주 삼아 씹으면서 싸움판을 벌이기도 했다.

— 대통령이 탄핵을 당했단다! 저런 법도 있나?

— 이거 장난이 아니네!

— 와 저라는데? 강철중 대통령이 무슨 대죄라도 지었나? 그래서 그런 기가?

— 내 그래 뭐라 캤나? 진작에 야당이 사과만 하면 탄핵 안 한다고 할 때 머리 한번 꾸뻑 숙였으며 될 일을 가지고 똥고집을 계속 피우다가 저 꼴이 되었다 아이가!

— 대통령이 고집도 없다면 어찌 대통령을 해 묵겠노? 그건 그렇고 참말로 야당도 쪼잔하다, 쪼잔해.

— 지금 누가 잘못했나 하는 거 따질 것이 없다. 속 좁기는 둘 다 다 마찬가지다!

— 날도 더운데 이 짜슥 미친나? 어떻게 뽑은 대통령인데 누구 맘대로 탄핵이고. 그라고 임마! 너는 도대체 누구 편이야!

— 쪼-다! 그라는 니는?

— 쪼다? 니느은?

─ 요즘 기분도 그런데 와 한 놈 안 걸리나 했었다. 그게 바로 니가?

서로 엉겨 붙어 치고받으며 술집 안을 난장판으로 만들었다.
이 시각 간신히 의장실로 돌아온 관칠은 국회의사국장에게 전화를
걸었다.

─ 국장님, 청와대 보낼 탄핵소추의결 서류 언제 될 것 같습니까?
─ 시간이 좀 걸릴 것 같습니다.
─ 얼마나?
─ 적어도 한 시간 정도 안 걸리겠습니까?
─ 서류 되는 대로 전화 주세요.

잠시 후 국무총리인 성진으로부터 전화가 걸려 왔다.

─ 의장님, 서류는 언제 보냅니까?
─ 서류를 만들고 있는 중인데 빨라도 오후 3시 이후나 돼야 안 되겠습니까?
─ 다른 뜻이 있는 건 아니고 제가 알고 있어야 할 일이기에 먼저 전화를 했
  습니다.
─ 잘하셨습니다. 총리께서 대통령 권한대행 역할을 잘 해주시리라 믿습니
  다. 그라고 내 노파심에서 하는 말인데 잘 아시겠지만 절대로 공권력이 무
  너지면 안 됩니다.
─ 예, 잘 알고 있습니다.

국무총리와 통화를 마친 관칠은 청와대에 있는 대통령 비서실장에게 전화를 건다. 전화가 연결되자 먼저 안부를 물어 왔다.

— 의장님! 어데 다치신 데는 없습니까? 낮에 방송 보니까 몸싸움이 대단하던데.
— 예, 없습니다. 근데 지금 대통령님 자리에 계십니까?
— 행사 참석차 지방에 내려가 계십니다.
— 언제 돌아오십니까?
— 오후 5시경에 돌아올 예정입니다만….
— 아, 그래요? 잘 아시겠지만, 국회에서 보내는 공문의 도착시각이 대통령의 직무가 정지되는 시간입니다. 오후 5시 지나서 공문이 도착하도록 하겠습니다. 그나마 그렇게 하는 것이 대통령에 대한 예의 아니겠습니까?
— 의장님, 잘 알겠습니다.

관칠, 전화를 끊고 이번에는 국회사무총장에게 전화를 건다.

— 총장님, 청와대에 보내는 공문은 오후 5시 이후에 청와대에 도착하도록 해 주세요.
— 잘 알겠습니다.

관칠은 국회를 빠져나와 국회의장 공관으로 피신하다시피 했다. 방에 들어가 TV를 켜자 국회경호원들이 여당의원을 끌어내는 장면, 욕설과 고함이 난무하는 가운데 의사봉을 두드리는 자신이 모습이 흉하게 그려졌다.

대통령이 탄핵을 당하도록 만들어 죄송하다며 여당의원들이 스크럼을 짜고 머리를 숙여 울먹이며 국민에게 사죄하는 모습이 계속해서 방송되고 있었다. 아나운서의 격앙된 목소리가 흘러나왔다.

— 분노하지 않을 수 없습니다. 임기가 1달 남은 야당의원들이 임기가 3년이나 남은 국민이 선출한 대통령을 탄핵을 했습니다. 16대 국회의 야당의원들이 여소야대를 이용해 쿠데타를 일으킨 사건입니다. 국민이 대통령을 지켜야 합니다.

여당의원들이 넥타이를 풀고 헝클어진 머리를 하고 오열하는 모습과 함께 괴물 같은 모습으로 의사봉을 두드리는 관칠 자신의 모습이 국민들에게 여과 없이 방영되고 있었다. 관칠은 생각할수록 나라의 앞날이 걱정이 되었고 한심하다는 생각이 들었다.

— (참말로 저기 방송이가 아니면 무슨 굿판을 벌이고 있는 기가? 탄핵을 찬성하면 악이고 탄핵을 반대하면 선이구만! 그라면 내는 악마 중에 괴수가 되겠네.)

관칠은 실망을 하며 채널을 이리저리로 돌려보았으나 채널마다 탄핵보도 일색이었다.

한편 이 시각, 철중은 창원공단 내에 있는 IT 중소기업인 폭스사를 방문하여 현장을 둘러보고 생산직 직원들을 격려한 후 오찬장으로 이동했다.

대통령이 도착할 장소인 회사식당에서는 대기하고 있는 사람들이 실시간 방송되고 있는 TV를 통해 대통령의 탄핵 관련 방송을 시청하고 있었다. 대통령이 직원들이 기다리고 있는 식당 안으로 들어서자 사람들이 일제히 외친다.

— 대통령님, 힘내세요!

격려를 받은 철중의 눈에는 눈물이 고였다. 철중은 말을 잇지 못하고 눈시울이 붉어졌다.

다시 철중은 일정대로 공장을 떠나 진해 해군사관학교 교정으로 이동하여 해군사관학교 졸업식에 참석했다. 이곳에 와서 대기하고 있는 중에 국회로부터 탄핵소추의결이 가결되었다는 소식을 전해 들었다.

철중은 사지에 힘이 다 빠져나갔지만, 마지막 남아 있는 연설 일정은 의연하게 대처해야만 했다. 연단으로 올라온 철중은 해군사관학교 생도들을 보자 만감이 교차했다.

— 야당이 제가 대통령 하는 것이 못마땅하다면서 대통령에 대한 탄핵소추안을 국회에 내었는데 조금 전에 통과되었습니다.

모인 사람들이 웅성대며 놀랐다.

— 이번 저에게 내려진 대통령에 대한 탄핵 관련 문제가 잘 해결되면 내년에 다시 이곳을 꼭 방문하고 싶습니다.

더 이상 발언할 힘도 없었다. 철중은 바로 전용헬기에 올라 서울로 향했고 헬기가 서울 상공에 들어서자 청와대 뜰과 사저에서 속을 까맣게 태우고 있을 아내가 생각났다.

헬기가 청와대 경내 뜰에 내리자 국무위원 및 비서관을 포함한 청와대 직원들이 도열해 있다가 먼저 다가와 철중을 맞았다.

— 이 지경이 되도록 보필을 잘못해서 죄송합니다.

철중이 소집한 국무회의에 참석하기 위하여 대기하고 있던 국무위원과 청와대 참모들, 직원들이 침통한 표정으로 나와서 울먹였다.

— 괜찮습니다. 저는 여러분이 더 걱정입니다. 앞으로 끝까지 최선을 다해 주십시오.

대통령 탄핵소추안 가결이라는 긴급사안을 놓고 대책을 논의하기 위해서 국무위원들이 전원 대통령을 따라 국무회의장 안으로 이동했다. 철중은 국무위원들과 간담회를 갖고 차질 없는 국정수행을 당부했다.

— 앞으로 헌법재판소의 법적판단과 총선이라는 국민의 정치적인 판단이 남아 있는 만큼 겸허하게 기다립시다.

마지막 국무회의를 마치고 사람들이 흩어지자 철중은 피곤이 갑자기 몰려왔다. 철중은 간신히 집무실을 빠져나와 경내를 걸어 관저로 갔다. 도중에 인근 숲에서 뻐꾸기 울음소리가 들려왔다. 순간 철중은 소리 나는 쪽을 향해 고개를 돌렸다. 철중은 뻐꾸기를 보지 못했지만, 그곳에는 분명 뻐꾸기가 울고 있었다.

국회 앞 광장에는 탄핵소식을 듣고 군중이 모여들기 시작했다. 탄핵반대 범국민대회를 열고 '16대 국회 장례식'과 함께 '탄핵무효'라는 플래카드와 피켓을 든 사람들이었다.

인터넷 포털 토론에는 탄핵을 반대하는 목소리가 높았다. PC방에서 한 청년이 컴퓨터 자판에 대고 '탄핵'이라는 단어를 검색하자 화면에는 탄핵을 비난하는 댓글의 행렬이 수도 없이 이어졌다.

(▶ ◀)[한국정치근조리본] (윤아) 중죄 없는 자가 돌로 치라 했거늘….

(▶ ◀)[한국정치근조리본] 나라가 어지러워도 음악 탭은 눌러주세요.

(▶ ◀)[한국정치근조리본] (샤샤) 대통령의 탄핵소추라.

(▶ ◀)[한국정치근조리본] (강진솔) 4.15! 심판의 날!

(▶ ◀)[한국정치근조리본] (정민) 2002년 월드컵 때가 그립네요!

대~한민국. 짝짝짝 짝짝!

(▶ ◀)[한국정치근조리본] (진거도사) 법의 가면을 쓴 쿠테타!

(▶ ◀)[한국정치근조리본] (비정상) 오냐, 선거 때 보자. 이 몹쓸 놈들아.

(▶ ◀)[한국정치근조리본] (뽀뻬) 심은 대로 거둔데이….

(▶ ◀)[한국정치근조리본] (마산애기) Gloomy Friday

(▶ ◀)[한국정치근조리본] (고들베기) 두고 보자, 선거가 코앞이다!!!

(▶ ◀)[한국정치근조리본] (수희맘) 울나라 왜 이래?!

(▶ ◀)[한국정치근조리본] (종국이) MAD!!!!!!!!!!!!!!!!!!!!!!!

(▶ ◀)[한국정치근조리본] (철가방) 자식들이 돌았나?

(▶ ◀)[한국정치근조리본] (사랑) 누가 누구를???????

17

기구한 운명

네팔 피시테일 로지(Fishtail Lodge) 호텔 내부. 아침 일찍 일어난 재강은 기지개를 켜고 창문을 열어 페와 호숫가의 물안개 속에서 새떼가 날아오르는 아름다운 모습에 넋을 잃고 바라보고 있었다.

함께 온 친구 종수는 피곤한지 잠에 곯아떨어져 있다. 재강은 문틈 사이로 배달된 조간신문을 집어 들고 방 안 테이블로 가서 천천히 신문을 펼쳐 들었다.

재강은 한 손에 커피잔을 들고 〈International Herald Tribune〉 신문을 훑는 순간 1면에 'South Korea President Kang'이 눈에 들어왔다. 무슨 영문인지 몰라 뒤 문장을 보니 'impeached'라는 구절이 눈에 들어왔다. 하지만 재강은 'impeached'라는 단어의 뜻을 잘 몰라 신문의 본문을 찬찬히 읽어가다가 깜짝 놀랐다.

— 이거 야당이 대통령을 탄핵했다는 말이네!

재강은 깊이 잠이 든 종수에게로 달려가 몸을 흔들어 깨웠다.

— 종수야, 어서 일어나 봐라! 야당이 대통령을 탄핵했단다!

종수는 졸음이 가시지 않은 상태에서 웅얼거렸다.

— 참.말.이.가?

재강은 신문을 뚫어지라 보다가 혼잣말로 웅얼거린다.

— (재적 3분의 2라면 재적과반수가 훨씬 넘는 숫잔데?)

종수는 부시시 일어나며 짜증이 섞인 목소리다.

— 아이 참, 사람들 해도 해도 너무하네!
— 하기야 탄핵이 금시초문은 아니잖아! 강철중 대통령 임기 시작하고 한 달
  이 되자마자 야당은 입만 열면 대통령을 탄핵하겠다고 했었잖아!
— 그때는 그냥 해보는 소린 줄 알았지….
— 뭐, 정치공세 같은 거 아니겠나? 대통령도 적당히 대응하면 진정이 될 거
  다…. 재적과반수도 넘기가 힘든데 재적 3분의 2로 찬성을 했다는 게 이게
  도무지 믿기지가 않네…. 그동안 이렇게나 인심을 많이 잃었나?

종수는 재강을 뚫어지라 쳐다보았다.

—어쩌지, 여행 계속해? 말어?

재강은 손사래를 쳤다.

—이런 상태에서 무슨 여행을 계속할 수 있겠나?
—그라믄?
—일단 귀국해서 상황을 지켜본 뒤 별것이 아니면 그때 다시 여행을 하면 어떻겠노?

종수는 손으로 동그라미를 만들어 보였다.

두 사람은 서둘러서 짐을 싸서 호텔을 나섰다. 호숫가에 거꾸로 비친 히말라야의 영봉들이 비친 설산을 배경으로 아름다운 정원에 꽃이 만발한 호텔을 아쉬운 듯 뒤돌아보며 두 사람은 그곳을 떠나왔다.

정적에 쌓인 낮 시간 청와대 관저에는 직무가 정지된 철중이 일주일째 빈둥거리다가 누워 잠만 자고 있다. 영부인 희숙이 다가가서 철중이 잠자는 모습을 물끄러미 내려다보며 기가 차다는 표정을 지었다.

—(때가 어느 땐데 일주일 내내 잠만 자고….)

희숙은 철중의 몸을 흔들어 깨운다. 깊은 잠에 빠졌던 철중은 부스스 잠에서 깨었다.

— 지금이 몇 시고?

면도를 안 해 수염이 자라고 얼굴이 부석거렸다.

— 점심시간 다 되어 갑니다.

— 일어나야 되제…?

— 얼릉 일어나이소! 오늘은 대통령이 안 오시면 자기들도 식사를 안 하겠다
고 합니다.

— 인자 옷은 뭘 입지?

— 평소와 다를 기 뭐 있습니까?

— 나는 인자 대통령이 아이다.

— 그런 농담이 어디 있습니까?

철중은 일어나 기지개를 켰다. 철중은 거울을 보며 머리를 대충 손질하
는 시늉을 했다. 희숙이 말을 건넸다.

— 어찌 힘든 날이 없겠습니까? 잘 참고 견디입시다.

— 하기사, 이까지 왔는데 여기서 쓰러질 수야 없지.

— 마음이야 아프겠지만 절대 내색하면 안 됩니다. 대통령자리가 원래 그런
자리 아입니까!

— 적막하고 아득한 기 끝이 없다. 늘 파도가 치는 삶, 언제 잠잠한 바다 한번
보겠노?

— 숨이 끊어져야 끝나는 거 아입니까.

철중은 희숙을 바라보며 다소 여유를 보였다.

— 아이구야, 영부인 2년 하더만은 인자 대통령 해도 되겠다! 내 탄핵당하고
　나면 당신이 해도 되겠다.
— 그런 농담이 어딨습니까!

철중은 도리어 희숙의 처지가 안 되었다는 듯 말없이 다가가서 희숙의
어깨를 감싸주었다. 철중은 정치에 입문하기 위해 해운대 조선비치 커피
숍에서 김 총재를 만났을 때를 떠올렸다. 유리창 밑으로 밀려오고 밀려가
는 파도가 보였다.

— (그래 또 한번 살아보자, 무슨 방도가 안 있겠나?)

철중은 희숙과 함께 직원들이 기다리고 있는 식당으로 너털너털 걸어
갔다. 길을 걷는 도중 희숙이 철중에게 낮은 목소리로 말했다.

— 강철중 씨, 걸을 때는 땅을 쳐다보고 걷지 마이소. 어깨를 딱 펴고 당당하
　게 좀 걸으이소.

철중은 식당에서 직원들과 식사를 하며 함께 웃고 떠들었지만, 밥을 씹
는 것이 아니라 모래를 씹는 것 같았고 도무지 신명이 나지 않았다.
철중은 식당을 나와 다시 관저로 향하는 길이었다. 철중은 길에서 들꽃
을 보자 노란 꽃을 향해 다가가서 쭈그리고 앉아 한참 동안이나 꽃을 관

찰하고 냄새를 맡았다.

그런 철중의 뒤에 서서 희숙이 물끄러미 내려다보고 있었다. 그런 모습은 평소에는 볼 수 없었기 때문이었다. 철중은 꽃을 바라보며 혼자 웅얼거렸다.

— (작은 것이 참 모질고도 강하다. 이리 작은 풀도 살아서 꽃을 피우는데 명색이 대통령인 나도 힘을 좀 내야 안 되겠나?)

곁에 선 희숙은 웅얼거리는 소리를 듣고 한마디 거들었다.

— 듣기 참 좋네요. 힘내이소.

그 시각 의장 공관에 있던 관칠은 외부에서 걸려온 전화를 받았다. 일본 아사히 TV 한국지사의 한국어 통역으로부터 걸려온 전화다.

— 아사히 TV 한국지사입니다. 한국의 대통령 탄핵과 관련하여 아시히 TV 요시다 기자가 의장님과 인터뷰를 할 수 있겠습니까?

관칠은 잠시 생각에 잠기다가 입을 열었다.

— 아사히 TV라. 내 조건이 딱 하나 있습니다. 임의로 편집을 해 가지고 자기들 편리한 대로 사용하지 않는다는 조건이면 할게요.

이 말을 들은 아사히 TV 한국말 통역은 옆에 있는 요시다에게 일본말로 관칠의 인터뷰 조건을 전했다. 서로 일본말로 주고받는 두 사람의 소리가 전화기를 통해 다 들렸다. 하이, 하이하며 그렇게 하겠다는 취지의 요시다 상의 말이 들려왔다. 한국어 통역은 다시 관칠에게 전했다.

— 인터뷰 시간은 10분인데 의장님이 말씀하신 대로 중간에 편집 없이 전부 다 내 보내는 조건으로 하겠답니다.
— 좋아요, 그러면 용산에 있는 국회의장 공관으로 오세요.

전화를 끊고 나서 한참 후에 요시다 기자가 카메라와 통역을 대동하고 방문했다. 요시다는 관칠을 만나자 어눌한 한국말로 인사한다.

— 아사히 데레비노~ 요시다 기자 이모니다.
— 아, 요시다 상. 어서 오세요.

관칠은 요시다 일행과 함께 접견실로 가서 자리를 권해 앉게 했다. 요시다와 관칠의 말을 통역하기 위해 한국어 통역이 중간에 앉았다. 먼저 요시다가 입을 열자 한국어 통역이 한국말로 통역을 했다.

— あれから多くのインタビュ-要請でお忙しい中´お時間頂いてどうもありがとう御座います´
— 인터뷰 요청이 쇄도하여 바쁘셨을 텐데 시간을 내주셔서 감사합니다.
— 아닙니다. 그 이후 인터뷰를 요청해 온 것은 그쪽이 처음입니다.

—いいえ インタビューはあれから初めてです

요시다는 믿을 수 없다는 듯 야릇한 표정을 지으며 놀랐다.

—えっ? 本当ですか！
—예엣? 정말입니까!

대화를 이어가고 있는 관칠과 요시다 일행의 모습이 점점 멀어져갔다.

다시 청와대 사저 내부. 철중은 식탁에서 책을 읽고 있고 희숙은 쇼파에 앉아 책을 읽고 있는 중이었다.

철중은 지겨운지 식탁에서 내려와 방에 누워서 책을 보는 동안 희숙은 다시 철중이 있던 식탁으로 올라가서 책을 보고 있었다. 희숙은 철중이 집중해서 읽고 있는 책의 내용이 궁금했다.

—무슨 책을 그리도 열심히 읽고 있습니까?
—이순신이 쓴 난중일기. 이순신은 왜놈과 싸워서 한 번도 진 적이 없다! 그 비결이 뭐겠노?
—그야, 배수의 진을 친 거 아입니까!
—글쎄, 4백 년 전 일인데도 남의 일 같지가 않네!
—뭐가요?
—이순신의 둘째 아들이 죽은 일.
—예에?

— 이순신이 둘째 아들 면(葂)이 고향 아산 집에서 왜놈들과 싸우다가 죽었
　　다는 전갈을 받았는데 차마 부하들 앞에서 울 수가 없어 수군 영내에서 소
　　금 굽던 종의 집으로 가서 종일 울다 나왔다는 대목이 나온다 아이가….

— 그 심정이 우리하고 비슷하겠네요.

— 그렇겠제. 아, 여기도 멋있는 구절도 있다.

— 무슨 구절인데요?

— 이순신 칼에 새겨진 검명(劍命).

— 일휘소탕 혈염산하(一揮掃蕩 血染山河). 한번 휘둘러 쓸어버리니 피가 강
　　산을 물들이도다. 어떻노? 안 멋지나?

— 피가 강산을 물들인다고요? 아이구, 징그럽습니다!

— 내 마음이 울적해서 안 그라나? 나를 이렇게 만든 사람들을 생각하면 혈
　　염산하가 되든 말든 한번 일휘소탕 하고 싶다!

— 마, 고만하이소.

— 하하하하하, 그냥 해본 말이다. 나 같은 사람이 어찌 이순신 장군하고 비
　　교하겠노?

18

자책의 시간들

멀리서 대통령 관저 전경이 보이고 희숙이 철중에게 한복을 입히고 옷매무새를 만져 주는 모습이 창을 통해 보였다. 두 사람은 인수문 뜰 안을 걸었지만, 철중은 좀체 사람들 눈에 띄는 인수문 밖으로 나가지 못했다.

이날도 직원들이 모두 퇴근한 오후 6시 이후 희숙과 함께 편한 한복 차림으로 몰래 대문 밖으로 내려섰다. 이들 부부에게는 인수문이 마치 감옥 출입문처럼 느껴졌다. 오랜 침묵이 답답한지 철중이 먼저 입을 열었다.

— 정말 조용하다! 이런 침묵이 계속되면 바로 그기 죽음 아니겠나?

— 그건 또 무슨 말입니꺼?

— 사람 마음이라는 기 와? 어떤 때는 좋아졌다가 또 어떤 때는 나빠졌다가 할까? 내 마음이 지금 안 그렇나?

— 사람 마음속에 생명이 있다 안 합니까? 죽고 사는 것은 마음먹기에 달린

거라예. 마음을 단단히 먹어야 합니다.

철중, 깊은 한숨을 몰아쉰다.

— 내 깊은 상처는 인자 세월만이 고칠 수 있다. 세월만이….
— 당신 머리가 하도 복잡하니까 하나님이 잠시 좀 쉬라고 휴가 주신 거라고
　　그렇게 편하게 생각하이소.
— 당신은 우찌 그렇게 편하게 생각할 수 있노?
— 그냥, 편하게 생각하입시다.

철중이 놀라는 눈치다.

— 가만히 있어 봐라, 문이 삐꺽거리는 소리가 들린다. 누가 있나?
— 소리는 무신? 당신, 많이 예민해지신 것 같습니더.
— 그래! 내 정상은 아일 끼다.
— 그동안 잘 해오시지 않았습니꺼?

철중은 하소연하듯이 내뱉었다.

— 숱한 우여곡절 겪었어도 내 요즘처럼 이렇게 힘들지는 않았구만….
— 멀리 보이소. 앞 전 대통령님들을 한번 생각해 보이소.

갑자기 철중의 표정이 좀 밝아졌다.

— 하기야! 그런 분들은 몇 년씩을 가택연금을 당했으니, 나는 거기에 비하
면 쨉도 안 되지! 이건 소풍이다. 소풍!

— 맞습니다.

두 사람은 모처럼 소리 내어 웃으며 다정하게 산책을 했다.

저녁식사 후 철중 내외는 산책을 나와 관저 뒤편 북악산 등산로 입구에
있는 데크에 앉아 세종로와 광화문 쪽의 불빛을 바라보았다. 알아들을 수
없는 함성이 여기저기서 들려왔다.

철중 내외는 이것이 TV에서 보았던 탄핵에 반대하는 촛불시위라는 것
을 금세 알아차렸다. 멀리서 어른거리면서 촛불의 무리가 거리를 가득 메
웠다.

— 여보, 우리 편이 저렇게나 많이 왔습니다! 저 많은 사람들이 매일 와서 우
리를 구해줄 꺼 아입니까.

— 그렇겠제. 나는 억세게도 운이 좋은 사람이다. 사람들은 내가 불쌍하다고
어려운 고비 때마다 노란 셔츠를 입고 투표장으로 달려가지를 않나, 촛불
을 들고 거리로 쏟아져 나오지를 않나 나는 정말 행복한 사람인기라!

새벽밥 지어먹고 노란 셔츠를 입은 채 새벽거리에 불을 지피고 선거운
동을 하는 모습에 이어 촛불의 물결을 보여주는 모습을 떠올리는 철중의
눈동자에 물기가 번졌다.

— 누가 아이랍니까?

— 당신 말대로 매일 저 사람들이 와서 시위를 하면서 우리를 여기서 구해주

 겠지…. 하지만 나는 저 사람들이 무섭다!

희숙은 의아해하는 눈초리다.

— 당신 편인데도요?

— 구해주고 나서 내한테 또 무얼 요구할지 그기 무섭다.

— 여보, 우리 교회는 안 다니지만 손잡고 하나님한테 마음속으로라도 기도

 한번 해봅시다.

— 갑자기 하나님은 와? 그분이 내하고 무신 상관인데?

— 그분이 되게 세다 하던데, 죽은 사람도 살린다 안 합니까? 이럴 때 그분 안

 찾으면 언제 찾아보겠습니까?

철중은 희숙의 오버하는 말을 슬며시 받아쳤다.

— 어제는 부처님한테 가자고 하더만 오늘은 또 하나님이가?

— 내가 언제예?

— 도대체 당신 정체가 뭐고? 부처님하고 하나님이 위에서 우리를 내려다보

 면 '아이구 머리야. 저것들이….' 안 하시겠나?

철중과 희숙은 서로의 얼굴을 바라보며 겸연쩍게 쓴웃음을 지었다.

강철중은 오늘은 아침부터 한복 차림으로 본관 2층 집무실에 나와 창

밖 풍경을 내려다보고 있었다. 철중의 밝고 낙천적이던 모습은 온 데 간 데가 없었다. 혼자 있기가 심심한 듯 버저를 눌러 수족처럼 따르던 윤 비서관에게 담배를 좀 가져오라고 했다.

—부르셨습니까?
—그래, 어서 들어온나. 거 앉으소!

불을 붙여주자 한 대 피워 물었다.
윤 비서관은 철중에게 나지막한 소리로 전했다.

—영부인 아시면 큰일 납니다. 끊었던 담배는 다시 시작하신 겁니까?
—이 사람아! 지금 내가 담배 안 피우게 됐나?
—그래도 줄담배는 하지 마이소. 주치의도 큰일 난다 안 했습니까?
—당장 '캑' 하고 혀를 깨물고 죽는 한이 있더라도 한 대 피워야겠다.

윤 비서관은 다소 오버하며 너스레를 떨어대었다.

—답답할 끼 뭐 있겠습니까? 지금 야당 쪽 골대로 자살골이 들어가고 있는 중인데, 좋아서 박수를 칠 일 아닙니까?
—시끄럽다! 이승만 대통령도 하야를 당했고 두 명 전직 대통령도 교도소에 가서 나는 차마 이런 불미스러운 일을 안 겪었으면 했는데 내 역시 탄핵을 당하고 보이 고개를 못 들 정도로 부끄럽구만….
—그분들하고는 다릅니다!

— 자갈치아줌마한테 부끄럽네. 당선을 위해 방송도 해주고 많이 도와주었는데. 내가 못난 사람은 참 못난 사람인 모양이다. 일이 이 지경까지 되는 걸 보니 말이다!

— 며칠 지나면 비서실장님이 쪽지 보고를 올리게 될 거라고 하셨습니다. 그라면 무료함도 좀 덜해질 겁니다.

— 보고는 무신 보고? 직무가 정지되었는데…. 내사 괘않다. 좀 쉴란다.

철중은 윤 비서관에게 다시 담배를 한 대 더 얻어 피워 물고는 창밖을 응시했다. 철중은 중동구에서 처음으로 국회의원에 당선되던 때를 회상하며 주먹을 불끈 쥐었다.

그때 선거에서 낙선한 허민구가 침통해 하는 모습과 철중이 당선되어서 당당하게 꽃다발을 목에 걸고 환호하던 순간이 훤히 떠올랐다.

— (그래, 정치 시작할 때 초년병으로서 거물 허민구를 때려잡던 그때 그 힘은 어데로 갔노? 엿 바꽈 먹은 기가? 지금은 그때의 그 기상이 필요한 기라!)

19

구원군

탄핵결정이 있을 때까지 대한민국의 운명은 헌법재판소의 판결만 바라보게 되었다. 헌법재판소의 외부 건물 모습과 9명 전원합의체가 재판을 하는 모습이 TV에 나가고 있었다.

점심시간이 되자 사람들이 점심을 먹으며 대통령에 대한 탄핵을 결정하게 될 헌법재판소에 대해서 갑론을박 이야기를 나누고 있었다.

— 도대체 앞으로 이 나라가 어찌 되는 거고? 민국당도 부정선거자금을 차떼기 해 가지고 잘난 것 하나도 없는데 뭐? 잘났다고 대통령을 탄핵소추 해 가지고 나라를 발칵 뒤집어 놓았노?

— 요즘 경제도 어렵고 되는 기 하나도 없다. 나라가 한 발자국도 못 가고 헌법재판소만 쳐다보게 안 생겼나?

— 그런데 도대체 헌법재판소 재판관들은 어떤 사람들이고? 뭐 좀 들은 거 없나?

— 억수로 높은 사람들이라 하더라. 아마도 헌법재판소가 대법원 위에 안 있나?

— 좀 특이하데. 헌법재판관은 9명인데 대통령, 대법원장, 국회에서 각각 3명씩 추천한다 카더만!

— 모르기는 해도 그 사람들도 잘할 끼다!

— 다 그런 거는 아이겠지만, 대통령이 법조경력자 중에서 선거에서 낙선한 사람을 챙겨줄라고 임명하는 경우도 있고, 여당이나 야당에서 자기 당에 공이 많은 사람들 한자리 줄라고 임명하는 경우도 있다 하더라.

— 맞다, 지금 헌법재판소 재판관 중에는 탄핵을 추진한 야당이 여당일 때 추천한 사람들도 많이 들어가 있다는 신문기사도 봤다.

— 그라면 무슨 일이 벌어질 수도 있겠네, 적당히 힘센 쪽 눈치도 볼 끼고…. 스릴 있겠네!

— 그런 것은 어데를 가도 안 있겠나?

— 대통령이 괜히 고집을 부려서 이런 기라. 지금이라도 대통령은 사과하고 국회는 탄핵소추 철회하면 안 되겠나? 국민들도 좀 생각을 해야지.

— 니 지금 소설 쓰고 있나? 인자는 늦었다. 모르긴 해도 이번에는 누구 한쪽이 죽어나가야 끝이 나는 기라!

— 그라믄 안 되는데….

네팔 히말라야 트래킹에 나섰던 재강은 탄핵소추라는 사태의 심각성을 알아차리고 서둘러 귀국길에 올랐다. 얼굴은 검게 타고 수염도 깎지 못한 상태였다.

그는 재빨리 국제선 청사를 빠져나오고 있었다. 재강은 종수와 헤어져 기다리고 있던 승용차를 타고 영종대교를 건너 88올림픽대로를 달리고 있었다. 재강을 태운 차가 마포대교를 넘어 청와대 쪽으로 향하자 재강은 과거 대우조선사건 때를 떠올렸다.

재강은 그 당시 마이크를 잡고 '철의 노동자'를 부르던 철중의 모습을 떠올리면서 자기도 모르게 중얼거렸다.

—기구한 운명이다, 한 번도 아니고 두 번씩이나 강철중 변호인이 된다 는 거….

재강을 태운 차는 청와대 경내로 들어갔다. 재강은 차에서 내려 현관 앞까지 나와 기다리던 철중을 만났다. 서로 두 사람은 잠시 할 말을 잃었고 속에서 무언가가 울컥하는 것이 올라오는 뜨거운 것을 느꼈다.

—강 대통령님, 이게 대체 어찌 된 일입니까?

원래 재강과 철중은 친구 사이로 말을 놓았으나 철중이 청와대로 들어 간 이후부터는 공인이라는 생각과 남들의 눈도 있어서 서로 존댓말을 썼다. 처음에는 어색했지만 서로 존대를 하니 이제는 자연스러워졌다. 한복을 입은 철중은 말없이 재강에게 다가가서 껴안아 주었다.

—먼 길 오느라 수고 많았어요. 좀 쉬게 해주고 싶었는데도 그것마저 마음대로 안 되네요. 우리 서로 답답하기도 하니까 좀 걸읍시다.

두 사람은 주변 사람들을 물리치고 손을 잡은 채 청와대 뒤쪽에 등산로 입구에 있는 데크로 가서 앉았다. 철중은 친구 재강을 박 수석으로 불렀다. 재강이 청와대 민정수석을 하다가 과로로 인해 몸이 아프다고 해서 잠시 청와대를 떠났었다. 하지만 사람들은 재강이 머지않아 돌아오리라고 생각을 했다.

— 박 수석, 노동자대투쟁이 있었을 때 통영 대우조선사건 생각 안 납니까?

— 안 그래도 여기로 오는 동안 내내 그 생각을 했습니다.

— 그때 노조 측의 요청으로 사체부검에 참여하라 해서 통영에 내려갔다가 경찰이 제3자 개입과 장례방해로 지명수배를 하는 바람에 부산으로 올라와서 체포되었다 아입니까?

— 제가 그때 다른 변호인 99명과 함께 변호인단 간사로 활동을 했었는데, 이번 탄핵사건도 마찬가지로 그래야만 될 것 같습니다.

— 두 번씩이나 신세 지는 이기 모두 다 제가 못나 그렇습니다.

— 이번에는 그때보다 몇 배로 신망과 실력이 있는 분들로 변호인을 구성해야 안 되겠습니까?

— 헌재소장하고 누구 잘 아는 변호사 있으면 좋겠는데. 내 모두 박 수석에게 일임을 할게요.

— 헌법재판이라는 것이 재판관들이 보수적이고 사안이 정치적이라 이런 때 일수록 여론이 더 중요합니다.

철중은 땅이 꺼지라고 한숨을 내쉰다.

— 실력 있는 헌법교수들도 영입해서 탄핵의 불법 부당함을 알려야 합니다.

─ 그래야지요.

─ 대통령님의 충정을 오해하고 탄핵에 앞장선 사람들이 많아 각계각층 인사들에게 대통령의 뜻을 널리 알려야 합니다.

철중은 번번이 사고 친 것을 미안해했다.

─ 내 브레이크를 조금만 걸었어도 이 꼴이 안 났을 건데… 항간에서는 나를 보고 브레이크 없는 트럭이라고 부른다더구만.

─ 브레이크 싫어하는 거 대통령님 스타일이니까 그런 말이 생긴 거 아니겠습니까?

철중은 다소 오버하며 재강에게 이야기했다.

─ 하하하하하, 대통령 스타일에 관한 그거, 다 국가기밀사항이니까? 조용히 말씀하세요. 누가 듣겠습니다.

이 말을 하고 두 사람은 서로 마주 보며 호탕하게 웃었다.

─ 들어오는 길에 전국 주요도시에서 탄핵반대 시위가 열리고 있다는 소리를 들었습니다.

─ 지도자 한 사람 잘못 만나면 백성들 고생이 이만저만이 아닌 거지요.

─ 근데 수만 명이 모이는데도 사고 하나 없이 축제처럼 시위를 한다 안 합니까? 헌법재판소도 이런 국민의 정서를 무시하지 못할 겁니다.

철중은 국민들이 고맙지만, 그들에게 송구스럽기도 하다. 두 사람은 크게 한숨을 쉬고 말없이 청운동 쪽을 바라보았다.

— 외국에 나가서 보면 북한의 동태가 심상치 않다는 소문이 파다합니다. 북한이 핵보유를 선언하고 운반미사일까지 개량해서 핵실험을 하는 판인데….

— 다 먹고살기 위한 몸부림입니다! 어린애가 굶어 죽어나가는데 분유 한 통 사 먹일 돈도 없는 나라가 북한입니다. 그래서 그런 것 아이겠습니까?

— 하지만 사정도 모르고 주변에서는 대통령님이 북한 편을 든다고 빨간 물이 들었다는 소리를 하던데요?

— 내가 무슨 빨갱이고 친북이겠어요? 내가 김일성이나 김정일을 좋아할 사람이 아닙니다.

— 저야 다 알죠!

— 그나저나 6자 회담을 통해 못하게 막아야 하는데. 북한이 저렇게 나오니까 외국인 투자자들이 불안해서 이 나라를 다 떠난다고 난리를 치고….

— 우리가 중국하고 가까워지니까 북한이 일본하고 손을 잡으라고 하더구만요.

— 바보 같은 사람들. 일본이야 당연히 인건비가 싼 북한 노동력을 가지고 경제회춘을 할라고 하는 건데.

— 일제 36년이 지긋지긋하지도 않나 봅니다.

— 내가 지금, 이러고 있을 때가 아닌데 탄핵을 당해 가지고 정신을 못 차리겠으니 이 일을 우짜면 좋아요, 박 수석?

직무가 정지된 대통령이 전 민정수석과 북핵문제를 논의해도 힘이 나질 않았고 도리어 철중 자신의 처지가 한심하게 느껴졌다.

다음 날 철중은 홍보수석실 주관으로 청와대 출입기자들과 북악산으로 산행을 나갔다. 철중은 전망대에 올라 서울 시내를 한눈으로 내려다보며 기자들과 잠시 한담을 나누고 있었다. 당연히 기자들은 직무가 정지된 대통령의 심경을 궁금해했다.

— 대통령님, 요즘 어떻게 지내시는지요?
— 먹고 자고 대학생이 할 일이 있습니까? 삼시 세끼 밥 먹는 것만 해도 감사한 일이죠.

강철중 특유의 정제되지 않은 대답이 나오자 기자들은 일제히 웃음을 터뜨렸다.

— 요즘 저의 감정을 물으셨는데 춘래불사춘(春來不似春) 아니겠습니까?
— 대통령님을 좌파라고 보는 시각이 있던데 어떻게 생각하십니까?
— 나를 좌파라고 말하는 사람은 나를 잘 모르는 사람들입니다. 굳이 말하자면 실용주의자라고나 할까요? 나라와 국민을 위해서라면 북한이나 미국하고도 멀어질 수도 가까워질 수도 있습니다.
— 대통령님은 지역주의를 허물기 위해 온몸을 던졌습니다.

철중은 이 말에 흥미로운지 눈빛을 반짝거렸다.

―서울에서 편하게 당선될 수도 있는데도 지역주의를 없앤다면서 호남
　정당 깃발을 들고 떨어질 것이 뻔한 영남에서 두 번씩이나 국회의원에
　나가서 낙선하고 또 한 번은 그런 식으로 시장선거에 나가서도 낙선을
　했습니다. 지금도 지역구도를 허물기 위한 그때 그 초심에 변함이 없
　습니까?

철중은 질문이 끝나기를 기다렸다가 바로 말을 이었다.

―물론입니다. 결국, 탄핵이라는 것도 대통령선거에서 지역주의에서 패한
　영남 정당이 호남정당 출신 대통령인 저에게 분풀이를 한 것이라고 생각
　합니다. 대통합이 필요한 시점입니다.
―통합에는 야당과의 연정 같은 것도 포함됩니까?
―그 이상도 생각을 하고 있습니다.
―좀 구체적으로 좀 말씀해 주시죠.
―지금 호남에서 콩을 심으면 콩이 나지 않고 영남에서 팥을 심어도 팥이 나
　지 않습니다. 이게 다 지역주의라는 망국병 때문입니다.
―그렇다면 무슨 처방책이라도 있는 겁니까?
―특정지역에서 한 정당이 의석수의 3분의 2 이상의 의석을 가져가지
　못하게 여야가 합의해서 국회의원 선거법을 고친 후 선거를 치르자
　는 겁니다.

이 말에 큰 파도가 치듯이 분위기가 술렁거렸다.

─선거결과 야당이 다수당이 된다고 하더라도 저는 그쪽 당의 사람을 국무 총리로 임명해서 국무총리가 장관을 임명할 수 있는 권리를 다 내어 줄 용 의가 있습니다.

철중의 이 말에 재호가 당황하며 철중의 말을 변호하고 나섰다.

─여러분들, 대통령님 어법이 너무 솔직하신 거는 다 아시죠? 지역주의를 극복하기 위해서는 기득권마저도 내놓을 충정심을 가지고 계시다 뭐, 그 런 취지로 말씀하신 겁니다.

재호의 말을 들은 한 기자가 재호의 충정이 가상했는지 참석한 다른 기 자들이 오해하지 않도록 설득하고 나섰다.

─비서실장님이 지금 진화하느라 진땀 흘리고 계신 것 좀 보십시오. 저희들 은 더 말씀 안 하셔도 다 알고 있습니다. 그러니 걱정하지 마세요. 맞지요 기자 양반들!

나머지 기자 일동이 웃음으로 호응했다.

다시 장소는 청와대 집무실. 철중은 무료해서 집무실에 나와 소파에 앉 아 콧구멍을 후벼 파다가 한숨을 몰아쉰다. 고개를 숙이고 뒷짐을 진 채 집무실 내부를 갈지(之) 자로 걸어본다. '가만있어 봐.', '가만있어 봐.'를 연발하며 이리저리 걷다가 창가로 다가가서 뜰을 한참 내려다보았다. 갑자기 무언가 눈에 들어왔는지 소스라치게 놀라 소리쳤다.

— 어? 저건 꿩이잖아, 꿩!

바삐 달리다가 다시 천천히 아장거리며 걷는 꿩의 모습을 신기한 듯 훔쳐보았다. 이때 청와대 관저 뒤뜰 숲 속에서는 올빼미 우는 소리가 들리고 멀리서 철중을 노려보는 올빼미의 눈매가 매서웠다.

화려한 장끼가 청와대 관저 뜰 앞을 아장아장 걷는 모습에 구세주라도 만난 듯 철중은 반가워했다. 철중은 급히 달려가 책상 인터폰을 통해 윤 비서관을 불렀다.

— 윤 비서관, 빨리 와 봐요!

영문을 모르는 윤 비서관은 대통령 집무실로 달려가서 문을 열고 들어왔다.

— 부르셨습니까?

윤 비서관에게 은밀하게 급히 오라는 손짓을 했다.

— 빨리 이리로 와 봐요!

윤 비서관은 창가로 가서 대통령이 가리키는 곳을 바라본다.

— 어? 꿩이다, 어떻게 이곳까지 날아왔을까?

— 윤 비서관, 다시 찾아올 수 있게 먹을 것을 놓아두면 좋겠는데….

— 예, 알겠습니다.

윤 비서관은 꿩이 먹을 것을 가져오기 위해 급히 방을 나섰다.

— 무슨 좋은 소식이라도 있을 랑가? 형편이 어려워지고 보니 꿩 같은 미물
도 인자는 예사로 안 보이네….

20

희망을 향하여

때는 저녁시간 청와대 관저에서 철중은 자신에 대한 탄핵을 변호하기 위한 탄핵대리인단들과 저녁식사 모임 중이다. 변호사 출신으로 민정수석이었던 재강도 대통령 측 탄핵대리인으로서 간사 일을 맡고 있었다.

　—그동안 저의 탄핵재판 변호를 위해 수고하시는 분들과 식사대접이나 할까 해서 오시라고 한 것입니다.

변호인들은 철중을 위로해 주려고 무던히 애를 썼다. 정 변호사가 불쑥 말을 던졌다.

　—대통령님, 이번 총선에서 좋은 결과가 있을 것 같습니다.

철중은 지푸라기라도 잡고 싶은 심정이었다.

— 예, 빈말이라도 감사합니다. 만일 우리가 총선에서 이긴다면 헌재 재판관들도 대통령인 저를 어찌할 수 없을 겁니다.

정 변이 일어서서 다시 말을 잇는다.

— 대통령님 제가 좀 심한 표현을 써도 괜찮겠습니까?

— 어서 말씀해 보세요.

— 지금 똥 묻은 개가 겨 묻은 개를 나무라는 세상입니다. 귀신같은 국민들이 왜? 그걸 모르겠습니까. 지금 성난 민심이 똥 묻은 개를 심판하겠다며 벼르고 있습니다!

듣고 있던 이 변이 헷갈린 듯 오버하며 묻는다.

— 똥 묻은 개는 뭐고? 겨 묻은 개는 뭔지? 좀 쉬운 말로 하셔야 잘 알아들으실 것 아닙니까.

이에 정 변이 이 변을 향해 미소를 지으며 입을 열었다.

— 쉽게 말해서 지금 여론조사 결과 우리 열민당 신진들이 영남에서도 대거 1위에 올라섰고, 청와대 출신 공천자들이 파죽지세로 야당 거물급 정치인들을 꺾고 선전하고 있다는 뭐, 그런 말 아니겠습니까!

철중이 가만히 듣고만 있는 가운데 철중의 절친이기도 한 재강도 한마디 거들고 나왔다.

　─아마 과반수 이상 득표는 못한다 하더라도 최소한 과반은 얻을 수 있을 것
　　같습니다.

철중은 재강의 말에 한층 더 표정이 밝아졌다.

　─국민들이 이 강철중이를 도와주려고 애를 써 주고 있으니 얼마나 고마운
　　지…. 눈물이 다 나네요.

철중은 이 말을 하면서 눈물을 글썽이는 가운데 다시 정 변이 나섰다.

　─지금 야당 쪽 탄핵심판 청구인들은 대통령 출석을 요청해 놓고 있습니다.
　　아마 선거를 앞두고 대통령이 재판소에 불려다니는 것을 정략적으로 이
　　용하려는 것 같습니다.

참석자들은 대통령에 대한 출석요구가 대통령을 흠집을 내려 하는 것
이라고 했고 여기에 말려들면 안 된다고 충고했다. 하지만 이런 종류의
충고를 쉽게 받아들일 철중이 아니었다.

　─내가 못 나갈 것이 뭐 있습니까. 어찌 보면 좋은 기회 아닙니까? 선거를 앞
　　두고 여당홍보도 좀 하고….

이 말에 일동은 비실비실 웃음이 나왔다. 재강이 다시 나섰다.

— 선거를 앞두고 대통령이 무슨 큰 잘못이 있는 것도 아니고. 재판소에 나가
서 국민들에게 옥신각신하는 모습을 보이는 것이 안 좋아 보입니다. 서면
으로 대체하시는 것이 좋을 듯합니다.

이 말에 참석한 다른 변호인들은 일제히 대통령을 보면서 그렇게 하시
라고 권유를 했다. 상황이 이렇게 되자 철중도 하는 수 없이 포기하는 모
양새다.

— 여러분들의 뜻이 정 그러하시다면 일임하겠습니다.

재강은 헌법재판소에 대통령이 출석을 안 하는 것으로 정리했다.

— 예, 대통령님의 헌재 출석 문제는 서면으로 대체하기로 하겠습니다. 이제 맛
있는 식사대접도 잘 받았으니 대통령님께서 마지막으로 한 말씀해 주시죠.

철중은 일어나 수줍게 꾸벅~ 인사를 했다.

— 저, 다시 대통령 좀 하게 해주세요!

이 말에 참석했던 일동은 일제히 폭소를 터뜨렸다.

21

표류하는 시간들

2014년 4월 23일 헌법재판소. 9명의 재판관들이 입장하자 방청객들이 모두 기립했다. 재판관들이 착석하자 방청객도 함께 자리에 앉았다. 좌중을 둘러본 재판장은 모두 발언을 하며 재판을 진행하기 시작했다.

— 2004헌나 1 강철중 대통령에 대한 탄핵소추안 심리를 시작합니다. 지난번 공판 때는 청구인 측이 요구한 대통령 출석문제에 대해서는 대통령의 발언에 관한 기존의 자료와 답변서만으로도 충분하다는 판단으로 대통령 출석 요청을 기각한 바 있습니다.
오늘은 지난번 공판에 이어 탄핵소추를 발의한 청구인 측 변호인의 변론을 계속 듣도록 하겠습니다. 청구인 측 변호인은 나와서 진술해 주세요.

세간의 관심을 반영하듯 법정은 사람들의 열기로 가득 찼다. 청구인 측 변호인이 나서서 진술하려는 순간 피청구인 측에서 이의를 제기했다.

— 재판장님, 이의 있습니다! 헌법재판소법 제49조에 따르면 대통령에 대한 탄핵은 국회에 소추권한이 있고 이 경우 국회의 법사위 위원장이 소추위원이 된다고 되어 있으므로 국회 법제사법위원장이 나와서 본 재판정에서 직접 탄핵소추를 발의한 배경과 이유를 설명을 하는 것이 옳다고 생각합니다.

이 말이 있자 재판장은 손짓으로 청구인 측을 불러내어 이에 대한 의견을 묻자 청구인 측은 그대로 변호인을 통해 변론을 계속하겠다고 답변했다. 재판장 고개를 끄덕였다.

— 피청구인 측 변호인의 말도 어느 정도는 수긍이 가지만 변호인이 대리 변론하는 것도 가능합니다.

재판장은 다시 청구인 측 변호인과 이야기를 나눈다. 재판장은 변호인에 의한 진행을 계속하겠다는 청구인 측의 의사를 확인했다.

— 지금 청구인 측은 변호인에 의한 변론을 하겠답니다. 청구인 측 변호인 계속해 주세요!

청구인 측 변호인 주춤하다가 다시 자리에서 일어서서 불쾌한 표정을 지었다.

— 지금부터 저희 청구인 측이 판단하는 대통령의 탄핵사유를 말씀드리 겠습니다.

탄핵사유서를 읽어 내려간다.

— 피청구인 대통령 강철중은 2004년 초 연두기자회견에서 자신이 만든 열 민당을 밀어주지 않으면 국정운영을 할 수 없다며 국민을 겁박하는가 하면….

청구인 측 변호인이 탄핵사유서를 읽어 내려가는 중 피청구인 측 변호 인이 자리에서 벌떡 일어서며 이의를 제기한다.

— 재판장님, 이의 있습니다. 청구인 측은 있지도 않은 사실을 말해 진실을 왜곡하고 있습니다. 겁박은 누가? 무슨 겁박을 했다는 겁니까?
— 인정합니다! 청구인 측 대리인은 사실에 입각해 말씀해 주세요. 그리고 지금 이 자리에는 많은 내외신 기자들도 함께하고 있는 만큼 언행에 각별 히 유의해 주실 것을 당부 드립니다. 기록하실 때 속기록에서 '겁박'이라 는 용어를 삭제해 주세요.

청구인 측 변호인은 재판장의 제지에 잠시 멈칫하는 듯하다가 조금도 위축되지 않은 모습으로 다시 청구이유를 읽어내려 갔다. 청구인 측은 탄 핵을 확신하는 듯한 모습을 보였다.

―피청구인은 지난 2월 24일 SDS 방송기자초청 기자회견장에서는 '대한당을 밀면 민국당을 돕는 거다.'라고 말하는가 하면 또한 '대통령으로서 할 수만 있다면 열민당을 위해 무엇이든 해주고 싶다'며 자신을 따르는 정당을 공개적으로 지지해 달라는 의사를 표명했습니다. 이에 대해 헌법기관인 중앙선관위로부터 선거중립위반을 이유로 '경고조치'까지 받았는데 그 이후에도 대통령은 자성하기는커녕 이런 종류의 발언을 계속 이어갔다는 점.

청구인 측 변호인은 단호하게 하나하나씩 강단 있게 짚어 나갔다.

―둘째로, 검찰의 대선 관련 불법선거자금 수사결과 발표에서 보는 바와 같이 자신을 비롯한 청와대 비서관 등 측근참모들의 부정부패가 밝혀졌다는 점.

이때 가만히 듣고만 있던 피청구인인 측 변호인이 자리에서 벌떡 일어나서 이의를 외친다.

―재판장님, 이의 있습니다! 지금 청구인 측 변호인은 사실과 다른 진술을 하여 진실을 왜곡하고 있습니다. 대통령은 본인의 비리는 눈을 씻고 봐도 밝혀지지 않았으며, 측근비리에 관해서는 대통령이 알지도 못한 사항을 마치 알고 지시나 한 것처럼 단정적으로 말하고 있습니다. 이 발언을 중지하게 해 주십시오!

재판장은 양측이 연이은 이의제기에 피곤해했다.

— 판단은 재판부가 합니다! 청구인 측 변호인은 계속 변론하세요!

— 셋째, 마지막으로 대통령은 청와대에 들어온 이후에도 입만 열면 함부로 말함으로써 이분법적인 편 가르기로 인해 극심한 사회분열이 일어났고 이 기간 중 경제성장률이 저하되고, 부채가 증가하는 등 경제파탄을 초래한 것으로 볼 때 강철중 대통령은 헌법과 법률을 명백히 위반하였을 뿐만 아니라! 국정 최고책임자로서의 기본적인 자질이 의심되는 언행을 일삼아 더 이상 나라의 통치를 맡길 수 없다는 판단에 이르렀습니다. 따라서 피청구인은 당연히 탄핵이 되어야 한다고 생각하는 바입니다!

— 청구인 측 변호인 수고하셨습니다. 다음은 피청구인 측 변호인 나와서 변론해 주세요!

청구인 측 탄핵이유를 경청하고 난 피청구인 측 변호인은 청구인 측 탄핵사유들이 말도 되지 않는 헛소리를 지껄이고 있다는 듯이 상대를 경멸하는 표정을 지었다.

— 존경하는 재판장님! 먼저 이 심판청구는 심리에 들어가기 전에 심판청구를 위한 절차적인 조건조차 충족시키지 못한 상태입니다! 따라서 본 청구는 심리할 필요도 없이 각하되는 것이 마땅하다고 생각합니다!

이 말이 떨어지자 청구인 측 변호인이 지체 없이 자리에서 일어나 이의를 제기했다.

— 재판장님, 이의 있습니다! 지금 피청구인 측 대리인은 법리적인 오류를 범하고 있습니다.

— 무슨 이의가 이리도 많아요? 다시 말하지만, 재판은 이 재판부가 합니다. 청구인 측 변호인의 이의를 기각합니다, 피청구인 측 변호인은 계속하세요!

— 예, 먼저 야당의원들의 경우 집행부의 강요에 의해 탄핵안에 표결했을 뿐만 아니라 둘째 국회의장이 여당과의 협의도 없이 개의시간을 오후 2시에서 오전 10시로 갑자기 변경한 것은 국회법 제72조를 무시한 것입니다. 셋째, 심의과정에서 제안자의 제안취지뿐만 아니라 토론절차가 없었다는 점. 넷째, 소추 사유별로 표결하지 않고 단일 건으로 묶어서 처리함으로써 국회의원의 심리표결과 관련한 권리를 침해한 절차상의 명백한 하자가 있는 탄핵소추였습니다.

재판장의 거듭된 지적에도 청구인 측 변호인 다시 끼어들었다.

— 재판장님, 지금 피청구인 측 변호인은 국회의 관례 내지는 국회법 규정을 잘못 해석하고 있습니다. 이 부분에 관해서는 아무 문제 없다는 국회 측이 보내온 자료가 있습니다.

— 그래요? 자료 가지고 온 것 있으면 여기서 바로 말씀해 주세요.

청구인 측 변호인이 탄핵소추절차에 문제가 없다는 국회의장이 보내온 서류를 읽어 내려갔다.

— 개의시간 변경과 일괄처리는 오래된 국회의 관행이며, 특정 개인의 인사에 관한 발의사항에 대해서는 제안취지 및 토론을 생략할 수 있어 강철중 대통령에 대한 탄핵소추 발의안은 절차적인 하자가 없음을 확인합니다. 대한민국 국회의장 박관칠.
이상입니다. 이 자료를 재판부에 제출하고자 합니다.

— 제출해 주세요.

청구인 측 변호인은 자료를 재판장에게 전달한다. 일이 이렇게 돌아가자 반대변론을 하고 있던 피청구인 측 변호인이 가만히 있을 리가 없었다.

— 청구인 측 변호인 지금 뭐 하는 겁니까? 지금은 제 변론순서입니다. 청구인 측은 탄핵발의 절차도 어기더니만 이젠? 심리절차까지도 방해할 겁니까?

청구인 측 변호인은 피청구인 측 변호인을 무시하며 피청구인 측 변호인을 노려보았다.

— 이거, 왜 이래요! 재판장 허락을 받고 하는 겁니다!

장내가 소란해지자 재판장은 망치를 두들기며 진정시키려 애를 썼다.

— 조용들 하세요! 피청구인 측 변호인은 절차적 하자부분 이외에 탄핵소추에 대한 본안 부분에 대해 반대변론을 계속해 주세요!

피청구인 측 대리인은 과도한 몸짓을 취하며 계속 변론을 이어갔다.

— 예, 이뿐만이 아닙니다! 먼저 청구인 측은 주로 대통령의 SDS 방송기자 초청간담회에서 열민당을 지지해달라는 호소가 대통령의 불법선거운동에 해당한다고 하고 있습니다.
하지만 대통령은 선거 중립의무를 지켜야 할 공무원이 아닙니다. 백번 양보하더라도 기자들의 질문에 소극적으로 자신의 소견을 피력한 것만으로 대통령을 직무로부터 배제할 만큼 중대한 위헌 위법 사유가 있다는 것입니까?

주변을 둘러보며 계속해서 발언을 이어갔다.

— 중요한 것은 전국법학교수회 소속 헌법전공 교수 73명이 이번 탄핵소추는 말도 안 되는 억지탄핵이라며 제출한 의견서를 자료로 제시하고자 합니다. 탄핵은 헌법사안입니다. 대학에서 헌법만을 수십 년간 연구하고 가르쳐온 학자들의 말을 안 믿으면! 도대체 이 시점에서! 누구 말을 믿는다는 말입니까?

재판장은 피청구인 측 대리인이 제출하는 교수단 의견서를 제출받았다.

— 또한, 측근의 불법적인 대선자금수수를 탄핵사유로 들고 있지만, 대통령 측근의 불법행위를 대통령이 직접 지시했다는 증거가 없습니다. 청구인 측이 제출한 증거라는 것들은 모두가 '누가 뭐 이렇다 하더라! 누가 저렇다 하더라!' 하는 추측성의 기사를 보도한 보수언론들의 휴짓조각 같은 신문기사들이 대부분 아닙니까?

말도 안 되는 탄핵이라는 듯 자신감에 차 있었다.

— 마지막으로! 대통령의 경솔한 국정운용으로 성장률이 저하되고 국가부채가 늘어났다는 것을 탄핵사유로 들고 있으나 경제 파탄에 관한 기준이 모호하고 새로 출범한 정부 1년간의 일시적인 현상을 가지고 정권 전체의 성과로 평가를 하기에는 아직은 이르다는 점입니다. 만에 하나 설령 백 번 양보해서 청구인 측의 주장처럼 경제파탄이 났다고 하더라도 이는 정치적인 책임을 물을 대상일지는 몰라도 탄핵과 같은 법적인 책임을 물을 수는 없다는 것입니다. 이상입니다!

피청구인 측 변호인의 변론은 단호하고 명쾌했다. 재판장은 양측을 번갈아 보며 공판을 마감하는 마무리 발언을 했다.

— 그동안 양측 모두 수고하셨습니다. 본 법정에서 수차례에 걸쳐 쟁점부분

에 대한 변론 및 증인심문과 증거조사를 마쳤습니다. 판결은 5월 14일 오전 10시 30분으로 하겠습니다. 양쪽 다 이의가 없으시죠?

재판장의 물음에 양측 변호인 모두 '예'로 대답하자 재판장은 폐정을 선언한다.

— 오늘 공판은 이것으로 폐정하겠습니다. 땅.땅.땅!

재판이 가열되어 신경이 곤두섰던 방청객들이 하나둘씩 흩어졌다.

밤늦은 시각 서울 모처의 비밀요정에서는 청구인 측 변호인단과 헌법재판소 탄핵사건 담당주심을 포함한 몇몇 재판관들이 술판을 벌이고 있었다.
이들은 대학교와 사법연수원의 선·후배 사이들이었다. 선배는 청구인 측 변호인들이었고, 후배는 헌법재판소 재판관들이었다. 청구인 측의 김 변이 먼저 입을 열었다.

— 민 재판관, 중앙선관위가 이미 시정경고를 내렸을 정도면 강철중 대통령 탄핵사유가 명백한 거 아이겠나! 후배님 생각은 어떻노?

헌재 재판관이며 탄핵사건주심인 민 재판관이 술이 많이 취한 상태로 응수했다.

― 김 선배님, 저야 뭐 당에서 임명해 가지고 헌재 재판관이 되었으니 법리를
　떠나 형님 쪽 편을 들어야 할 사람 아닙니까? 물어볼 게 뭐 있습니까?

― 말을 그리해 주니까 정말 고맙데이 민 재판관. 하모! 사람은 배신하면 안
　되는 기라, 배신 그거는 개, 돼지들이나 하는 거 아이가. 사람은 뭐니 뭐니
　해도 신의를 지켜야지.

이번에는 이 변이 거들었다.

― 자자, 정 재판관! 후배님도 한잔하소! 취해야 산다 아이가? 학교 다닐 때
　도 우리 둘은 고시반 단짝 아이었나! 끝까지 한배를 타야지! 이 풍진 세상
　한잔 묵고 골치 아픈 일은 잠시 잊어 뿌리자!

이 변은 거나하게 취한 상태였고 입이 거칠었다.

― 어디서 굴러먹다가 들어왔는지 모르겠지만, 근본도 알 수 없는 외톨이
　강철중 그 또라이 하나만 없어지면~은! 나라야 더 잘 안 돌아가겠나? 안
　그렇나?

― 맞~습니다! 제 말이 바~로 그. 말입니다. 선배님! 우리 국민들이 누굽니
　까? 세계적으로 훌륭한 국민들 아닙니까! 강철중이 하나 없어도! 대한민
　국 굴러가는데 아무 지장이 없습니다! 우리가, 우리 헌법재판소가 어.떤.
　판단을 내린다 하더라도~ 이 나라는 자알! 돌아갈 겁니다~.

― 어허, 말에 어폐가 있다. 어떤 판결을 내려서야 쓰나? 우리 야당이 이
　기는 판결이 내려져야지…. 하하하. 후배님! 입은 비뚤어졌어도 말은

바로 하라고 했어요!

술에 취해 정 재판관은 몸을 숙인 채 고개만 끄떡이고 있었다.

─후배님들 답답하지요? 사건 끝나고 나면 필드에 한번 나가자! 그리고 후
　배님들 이번 일 잘 해결되고 나면 당에서 공로는 잊지 않을 끼다. 자자,
　원 샷!

일동은 단숨에 잔을 비웠다. 늦은 밤 요정 뜰에는 웃음소리가 새어 나
왔고 청구인 측 변호인과 헌재 재판관들 옆에는 한 명씩 아가씨들이 붙어
있었다.

─민 재판관, 정 재판관 오늘 한번 취해보자! 그리고 야들아, 너거들 이분들
　이 누군지 아나? 쪼매 있으면 곧 알게 될 끼다! 이 나라가 모두 이분들 손
　에 안 달렸나? 오늘 목욕재계하고 온 거 맞제?

정 재판관 옆에 앉은 이쁘장하게 생긴 여자가 입을 열었다.

─아이, 그 고리타분한 정치 이야기는 이제 그만 하세요. 사장님이 오늘
　귀.한. 분들 오신다고 신경 쓰라 해서 꽃단장 좀 했답니다~. 여기는 사모
　님들도 없겠다 한번 안아 보이소, 자 안아 봐~, 안아 봐라~.

몸을 들이밀면서 안기는 시늉을 했다. 일행들은 껄껄대며 제짝들을 껴

안고 진탕하게 놀고 있는 중이었다.

이때 밖에서 이들의 주연을 엿보던 누군가가 밖으로 은밀하게 전화를 걸고 있었다.

새벽시간 청와대 관저. 철중은 어둠 속에 깊이 잠들어 있었다.

— 따아~ 따. 따. 따. 우르르 꽈~아아아앙!

철중은 하늘을 때리는 천둥소리에 놀라 잠에서 깼다. 몸을 일으켜 세우자 이부자리가 축축하게 젖어 있었다. 철중은 거실로 나가 창을 통해 어둠 속에서 숲 속을 바라보았다.

키 큰 나무들이 정령처럼 서서 철중 쪽을 내려다보며 바람에 흔들리고 있었다. 칠흑 같은 어둠 속에서 장대비가 쏟아지고 다시 천둥·번개가 청와대 상공을 사정없이 내리꽂았다.

그때 청와대 뒤편 숲 속 어디선가 휘파람새의 둥지를 노려보는 부엉이의 모습과 울음소리가 들려왔다.

다시 저녁이 되자 헌법재판소 정문 앞에는 노란 셔츠를 입고 촛불을 손에 든 사람들이 하나둘씩 모여들기 시작했다. 다음 날 오전에 있을 탄핵 심판 최종결정을 지켜보기 위해서 모여드는 사람들이었다.

피켓과 머리띠에는 '탄핵무효!', '대통령님 힘내세요, 우리가 있잖아요!'라고 새긴 글자들이 적혀 있었다. 광화문 시청 앞 광장과 전국 주요

도시의 역전광장에도 촛불을 든 사람들이 차츰 모여들고 있었다.

이들 역시 '탄핵무효!'와 '대통령님 힘내세요!'라고 새긴 피켓과 머리띠를 둘렀다. 경찰들은 만일의 사태를 대비하며 긴장의 끈을 늦추지 않았다.

22

불통의 운명

다시 최종판결이 열리고 있는 헌법재판소의 재판정은 방청객들로 가득 차 있었으며 숙연하기까지 한 긴장의 순간이었다. 9명의 재판관들이 입장하자 방청객들은 기립했고 재판관들이 착석하자 방청객들도 따라서 자리에 앉았다.

재판장은 방청석을 한번 휘둘러보며 재판을 막 시작하려는 참이었다. 그때 피청구인 측 변호인이 황급히 일어서서 이의를 제기하고 나섰다.

— 재판장님, 오늘 선고는 다음번으로 연기해 주십시오! 이대로 결정을 내려 서는 안 되는 중대한 일이 생겼기 때문에 드리는 말씀입니다!

이 말을 들은 재판장은 무슨 헛소리를 하고 있느냐는 식으로 노려보았다.

─아니 피청구인 측 변호인 그게 무슨 말입니까? 오늘 결정을 선고한다고 분명히 말씀드리지 않았습니까? 여기가 무슨 애들 장난을 하는 곳인 줄 알아요! 재판 연기에 대해서는 상대편 변호인들과도 전혀 협의된 바가 없잖아요!

재판장은 다시 얼굴을 붉히며 근엄하게 말했다.

─오늘 바로 선고에 들어갑니다.

피청구인 측 변호인도 이번에는 작심한 듯 좀체 물러서지 않을 태도였다.

─대통령에 대한 탄핵심판 청구인 측 변호인들과 헌재 재판관들 사이에 판결을 앞두고 술판을 벌였다고 합니다. 이것은 있을 수도 없는 일이지만 만일 이게 사실이라면 판결을 하기 전에 낱낱이 가려야 할 것입니다. 이대로는 재판의 공정성을 의심할 수밖에 없습니다. 그래도 만일 판결이 내려진다면 저희들로서는 변호인 전원이 사퇴하는 등 중대한 결심을 할 수밖에 없습니다.

재판관들도 놀라는 가운데 방청석이 술렁이기 시작했다. 당연히 공격당한 청구인 측 변호인이 일어섰다.

─재판장님! 지금 피청구인 측 대리인은 청구인 측 변호인과 헌법재판소 재판관을 비하하고 있을 뿐만 아니라 사실과 다른 이야기로 재판의 진

행을 방해하고 있습니다.

이에 질세라 피청구인 측 변호인은 청구인 측 변호인을 향해 손가락질을 하며 삿대질을 했다.

— 이봐! 당신도 그 술자리에 함께 있었잖아? 대통령 탄핵결정선고라는 국
　　가적인 대사를 앞두고 청구인 측 변호인과 주심을 포함한 담당 재판관들
　　이 법대 선후배를 거들먹거리며 술판을 벌인다는 게 말이나 되는 소리야?

재판장이 가만히 두고 볼 수가 없어 망치를 두드리며 진화에 나섰다.

— 자자! 조용! 조용들 하세요! 그리고 함부로 말씀하지 마세요! 헌법재판소
　　가 피청구인 측 변호인 눈에는 그렇게 만만한 곳으로 보입니까?

그는 꾸짖는 기세로 말했다.

— 헌재 재판관들이 양심도 없는 그런 무뢰한들로 보이는가 하는 말입니다!

피청구인 측 변호인이 일어나 재판장을 향해 호소했다.

— 존경하는 재판장님, 공직자윤리법에 보면 헌법재판소 재판관은 부정한
　　청탁알선을 받지 말라는 규정이 있습니다. 그런데 대통령 탄핵심판 결정
　　을 앞두고 청구인 측 변호인과 담당사건 재판관들 일부가 모여서 여자들

을 끼고 술판을 벌였다는데 지금 누구를 어떻게 신뢰하라는 말씀을 하고 계시는 것입니까?

재판장은 피청구인 측 변호인을 향해 호통을 쳤다.

— 이보세요! 헌법재판소법에 재판관은 법조경력 15년 이상 된 사람 중에 선출하도록 되어 있고, 헌법에는~ 재판관들은 오로지 헌법과 법률에 의하여 자기 양심에 따라 독립하여 심판한다고 규정하고 있어요! 현재 재판관들의 양심을 지금 뭐로 아는 겁니까!

— 존경하시는 재판장님, 법조 경력 15년 그게 뭐 그리 대단한 일입니까? 법조경력이 재판관의 양심이라도 담보하기라도 한다는 말입니까?

— 설령 판결을 앞두고 선후배 관계로 술판을 벌인 것이 적절한 처신이었느냐의 여부는 별도로 논한다 하더라도 오늘 선고를 연기할 사유는 아니라는 말씀입니다. 그리고 이 나라 재판관이 설령 술을 좀 먹었다고 하더라도 거기에 넘어가 잘못 판단할 그런 재판관들입니까? 같은 법관으로 듣기가 좀 거북합니다!

계속 재판장과 맞서 자신들의 입장이 받아들여지지 않자 피청구인 측 변호인은 법대 앞으로 나가서 서류를 바닥에 내던지며 소리쳤다.

— 재판을 그르칠 목적이 아니라면 뭐하러 캄캄한 밤에 숨어서 술판을 벌이고 난리를 피웠겠습니까? 이건 우리 모두를 망하게 하는 망국적인 처사입니다!

―이 사람! 그렇게 말해도 말귀를 못 알아듣는구만! 재판을 방해하고 있는
　피청구인 측 변호인은 즉각 퇴정하세요. 땅! 땅! 땅!

재판장은 손짓을 하며 데리고 나가라는 시늉을 하자 법원경위가 들어
와 피청구인 측 변호인을 끌고 나갔다. 끌려나가며 판결선고를 해서는 안
된다며 외치자 방청석이 여기저기서 술렁거렸다.

재판장은 짐짓 당황하며 혼잣말을 내뱉은 후 약간은 떨림이 있는 목소
리로 말을 이었다.

―거, 아주 재미있는 사람이구만! 여기가 어디라구!

―선고를 연기할 만한 큰 변화는 없지만 이 상태에서 당장 선고결정을 내리
　기는 어렵다고 판단되어 최종선고는 이틀 뒤 10시 30분에 하겠습니다.

갑자기 장내가 소란스러워지자 재판장은 시끌벅적한 방청석을 향해 조
용히 하라고 외치면서 방망이를 쳐대며 허둥댔다.

다시 청와대 대통령 집무실. 철중은 뒷짐을 지고 머리를 숙인 채 갈지
자로 이리저리 걸어 다니고 있었다. 초조하게 탄핵결정과 관련한 소식을
기다리고 있는 중이었다. 철중 입이 바짝바짝 말랐다. 말없이 수화기를 내
려놓았다. 한복을 입은 철중은 다시 창가로 가서 뒷짐을 진 채 먼 밖을 내
다보며 중얼거렸다.

―무슨 놈의 인생이 이렇노? 일어서서 좀 걸을 만하면 또 엎어지고….

이 대목에서 철중은 쩔뚝거리며 엎어지는 시늉을 했다.

— 다시 일어나서 걸을 만하면 또 엎어지고….

철중은 다시 절뚝거리며 엎어지는 시늉을 해보였다.

— 한시도 편한 날이 없었다….

자신의 처지가 원망스러운 듯 깊은 한숨을 내쉬며 다시 중얼거렸다.

— 내 바보소리 들어가면서 사람들이 자유롭게 사는 살맛 나는 세상 한번 만
    들어 볼라 했는데, 너거들은 그기 그렇게도 무섭고 겁이 나더나? 와? 너거
    들 눈에는 이 강철중이가 머리에 뿔이라도 몇 개 달린 괴물처럼 보이더나?
    내가 너거들 옆에만 가도 그렇게 소름이 돋더나. 그렇게 내가 이상하더나?

철중은 미친 사람처럼 계속 혼자 중얼거렸고 어떤 대목에 가서는 주먹
을 불끈 쥐어 보이기도 했다.

— 내 나이롱뽕 해가지고 대통령 된 기 아이다.
— 사람들이 어찌 그리 양심들이 없노? 너거들이 대통령으로 인정도 안
    하는 내가 명문대 나온 잘난 너거들을 꺾고 이겼다는 사실은 와 인정
    을 안 할라 하는데? 그거부터가 벌써 삐뚤어진 도둑놈 심뽀 아이가? 안
    그렇나?

고함을 질러대는 철중의 모습이 처절하기까지 했다.

이틀 뒤 날이 밝자 헌법재판소의 전경을 배경으로 사람들이 계단을 걸어 올라가고 있었다. 방청석에는 사람들로 가득 찼고 재판장과 재판관들이 입장하자 팽팽한 긴장이 감돌았다. 쥐죽은 듯 고요한 법정에서 재판장이 침묵을 깨며 입을 열었다.

— 자, 그럼 이틀 전에 말씀드린 대로 지금부터 2004헌나 1 강철중 대통령에
  대한 탄핵심판청구에 대한 우리 재판소의 결정을 선고하도록 하겠습니
  다. 참고로 본 결정은 수차례 법정에서의 변론과 증인심문 채택된 증거를
  바탕으로 우리 재판소의 내부합의를 거쳐 결정된 것임을 알려드립니다.

헛기침을 몇 번 하고 주변을 둘러본 재판장은 준비해 온 결정문을 꺼내서 읽기 시작했다. 양측 당사자들과 방청객들은 재판장이 낭독하는 결정문의 자구 하나하나에 촉각을 곤두세우고 있었다.

— 국회의 탄핵소추절차가 적법절차에 위배되어 본안을 심리할 필요도 없이
  각하되어야 한다는 피청구인 측의 주장은 국회가 제출한 증거자료를 볼
  때 국회의 재량사항으로 이유가 없다.

이 대목에서는 피청구인 측 변호인단과 대통령 탄핵에 반대하는 방청객들은 아쉬워하는 한숨소리가 새어 나왔다.

— 청구인 측의 주장대로 대통령이라는 지위를 이용해서 특정 정당을 지지

하는 발언을 한 것은 공무원의 선거중립의무를 위반한 것이며, 나아가 중앙선관위의 선거법위반결정에 유감을 표명하면서 현행선거법을 '관권선거 시대의 유물'로 폄하한 것은 대통령이 스스로 헌법수호의무를 위반한 것이다.

청구인 측을 지지하는 보수단체 참가자들은 여기저기서 환호하며 술렁거렸다.

—다음은 강철중 대통령의 탄핵여부에 대해 판단하기로 한다.

이 대목에서는 좌중이 쥐죽은 듯 고요하고 양 당사자는 긴장이 극에 달했다.

—총선을 코앞에 두고 선거를 공정하게 관리해야 할 대통령이 특정 정당을 지지해 달라는 취지의 발언을 계속함으로써 극심한 국론분열과 경제적인 어려움을 초래했다. 본 재판소는 이 모든 것들을 고려해 볼 때 향후 안정적이고 지속적인 국정운영이 불가능하다고 보았다.

청구인 측은 주먹을 쥐거나 손가락으로 V자 표시를 그렸고 피청구인 측은 풀이 죽어 갔다.

—위와 같은 대통령의 법위반 행위는 헌법수호라는 점에서 중대한 의미가 있다. 이는 국민에 대한 책무 내지는 신임을 저버린 경우에 해당하며 대통령직에 대한 파면결정을 정당화하는 사유가 된다. 따라서 본 재판소

는 강철중 대통령에 대한 청구인 측의 탄핵소추안을 인용하고 강철중 대통령을 대통령직에서 물러나게 해 달라는 탄핵심판청구를 인용한다. 쾅.쾅.쾅!

재판장이 힘차게 망치를 내려치자 청구인 측 변호인단은 서로 껴안고 '대한민국 만세!'를 외쳤고 재판장의 저지에도 법정에서 만세 삼창을 했다. 이때 피청구인 측 지지자들은 의자를 집어 던지며 거의 실성을 하다시피 불만을 표시하자 달려온 경위들과 얽혀 난장판이 되었다.

대통령 강철중에 대한 탄핵결정이 내려지자 서울 광화문과 시청 앞과 전국 주요도시의 광장에는 대통령 탄핵에 반대하는 사람들이 운집하기 시작했다. 운집한 사람들은 갑자기 시위대와 폭도로 돌변, 이성을 잃고 거리를 몰려다니며 닥치는 대로 기물을 부수고 방화를 일삼았고 일부는 상점에서 물건을 약탈하기도 했다.

경찰관들은 시위를 저지하기는커녕 방관하거나 개중에는 탄핵무효를 주장하는 측에 동조하며 파괴행위에 동참하기까지 했다. 말 그대로 무법천지였다. 거리의 상점은 '상중(喪中)'이라는 표찰을 내 걸고 문을 걸어 잠근 채 급히 몸을 피했다.

그 시각 청와대 관저에서는 철중이 소파에 비스듬하게 몸을 기댄 채로 넋을 잃고 있었다. 비서실장과 수석들이 들어오고 영부인 희숙도 함께 들어왔다. 철중은 억울하고 분해서 감정을 억누르지 못한 채 소리쳤다.

―누가 저들에게 대통령인 나를 물러나게 할 힘을 주었나? 대체 누가? 저들은 국민이 뽑은 재판관들인가, 아니면 저들이 이 나라 최고의 심판자들이기라도 하다는 말인가?

비서실장이 위로하며 나섰다.

―대통령님, 고정하십시오!

철중은 헌법재판소의 탄핵심판 인용에 대해 도저히 믿을 수 없다는 듯 꺼이꺼이 무너지며 흐느꼈다.

―지금이 어느 때인데! 대명천지에 민주주의가 폭도들한테 도둑맞는 일이 벌어질 수가 있냐는 말이다! 내 다시는 이 땅에 이런 날이 안 오도록 그만치 시민사회를 키우려고 애를 썼는데도 이제는 모두가 허사다, 허사….

철중은 전화를 걸어 총리를 찾았다. 총리실의 전화가 불통이었다. 이번에는 법무장관실로 전화를 걸었지만, 거기도 불통이었다. 화가 난 철중은 책상을 내려쳤다.

자기들 뜻대로 탄핵을 추진해 대통령을 실각시킨 민국당 대표실에서는 당 대표와 의원들이 TV를 통해 전국적으로 시위가 확산하는 모습을 지켜보고 있었다. 아나운서의 흥분된 모습이 사태의 위급함을 대변해 주고 있었다.

— 대통령 탄핵의 무효를 주장하는 시위가 전국적으로 확산되고 있습니다. 아아, 저게 웬일입니까? 경찰들이 손을 놓고 방관을 하고 있습니다. 아아, 무법천지입니다. 안타깝습니다.

TV에서는 사람들이 떼 지어 다니며 기물을 부수고 상점에 들어가 약탈하고 마구 방화하는 모습이 방영되고 있었다. 민국당 대표 영철은 원내대표와 함께 방송을 시청하고 있었다.

— TV 소리를 좀 줄이소! 큰일이다, 큰일!
— 진짜 이러다가 무슨 난리라도 나는 거 아닙니까?
— 대한민국이 어떤 나란데. 똥고집을 가진 대통령 한 사람 없어진다고 어찌 되는 것도 아닌데 저 난리법석들이고?
— 지금 완전히 공권력이 무너지고 있습니다!
— 거센 파도를 하나 넘으니 돌아서자마자 산더미 같은 파도가 몰려오는 격이네. 언제, 발 한번 쭉 뻗고 편히 살아 보겠노?
— 탄핵 때문에 연기해 놓은 국회의원 선거나 제대로 치를 수 있겠습니까?
— 그래, 내 말이 그 말이다! 이래가지고 총선은 무슨 총선이고!

어둠이 내린 거리의 식당에 모인 손님들은 불안한 가운데 식당 밖에서 들려오는 시위대의 출정가 소리를 들으면서 갑론을박을 하느라 소란스러웠다.

— 강철중이 대통령이 되고 나서 나라가 어찌 이 모양이고? 이루기는 힘들어

도 망가지는 건 한순간이네, 한순간!

— 내 이래 평소에 희망을 말하는 놈들을 조심하라고 안 했나? 정치는 실험
 을 하는 것이 아인 기라. 정치는 현실이야!

— 정국이 안정이 된다 해도 국민들이 먹고살기가 힘든데 이래가지고는 완
 전히 종쳤다.

한쪽 편에서 조용히 손님들이 말하는 것을 듣고만 있던 식당 주인아줌
마도 가세했다.

— 애초부터 힘없고 경험 없는 사람을 대통령으로 뽑는 것이 아인 기라. 내
 강철중이 대통령이 되었다고 할 때부터 알아봤다.

— 아줌마가 뭘? 안다고 그런 말을 합니까?

— 이 무식한 아저씨들아! 내가 와 모르노? 척하면 삼천리지! 내가 식당 밥
 푼 기 얼멘지나 아나? 그나저나 돈 쓸 구멍은 여기저기 아가리를 '쩍쩍'
 하고 벌리는데 장사도 못해 먹게 되었으이! 이 일을 도대체 우짜면 좋노?
 아저씨들아.

— 아지메! 그걸 우리한테 물으면 어짜는 기요? 우리 똥자루만 해도 서 말인
 데! 아주메 똥까지 치우라고? 하이구야!

어둠이 내린 총리공관 회의실에는 현재 시국과 관련해 대통령 권한대
행인 성진의 주재 하에 당정 치안회의가 소집되고 있었다. 성진은 참석한
사람들을 재촉하고 있었다.

— 당장 무슨 대책이라도 세워야 할 것 같아 여러분을 오시라고 한 겁니다.

성진은 열민당 대표 순구를 바라보며 다그쳤다.

— 대표님, 무슨 뾰족한 묘안이 없겠습니까?
— 법무장관의 자제 담화에도 시위는 더 격렬해지고 있습니다. 지금으로서
   는 백약이 다 무흅니다.
— 이번 사태에 대해서는 경찰 책임이 커요! 경찰이 시위를 막기는커녕 방관
   하거나 개중에는 시위대에 가담하는 자도 있다고 하는데 이거 말이나 되
   는 소립니까?

성진이 경찰청장을 다그치자 경찰청장도 하소연을 했다.

— 지시를 해도 말을 들어 먹지 않습니다. 경찰력만으로는 역부족입니다.
— 아니, 그게 치안 총수의 입에서 나올 수 있는 말입니까? 묘수를 내봐요!
   묘수! 경찰력만으로 안 된다면 도대체 어쩌자는 겁니까? 이거 선거도 치
   러야 하는 데 큰일이네, 큰일….

성진은 시위 초반부터 밀리지 말았어야 했다는 말을 연발하며 군복을
입고 나온 국방장관을 바라보았다.

— 혹시 군에 뭐 이상한 낌새라도 느껴지는 거 없어요?
— 지금이 어느 때입니까. 국민소득 3만 달러 시대 아닙니까? 지금 탱크 몰고

나올 그런 정신 나간 사람이 있겠습니까?

— 하기야, 그런 일은 없겠지만….

참석자들 모두 무력감을 느꼈다. 비상시국에서 말들만 무성했지 정작
이 난국을 돌파할 묘수가 보이지 않았기 때문이었다.

이때 청와대 경내 숲에서는 올빼미가 탁란을 위해 휘파람새의 알이 있
는 둥지를 향해 날아가 탁란(托卵)을 하고 있었다.

사태가 이 지경이 되자 철중은 청와대에서 가져가야 할 짐들을 점검하
고 있었다. 철중은 하던 일을 잠시 멈추고 희숙에게 말을 건넸다.

— 안타깝다. 일이 이렇게 될 걸 알았다면 내가 좀 더 잘했어야 하는 건데….

— 최선을 다했다 아닙니까? 더 이상 어떻게 더 잘합니까.

— 임기 중간에 항상 내 언행이 시빗거리가 안 되었나. 대통령이 되어서도 평
　소처럼 국민들 편에 좀 더 다가가고 싶었었는데….

철중은 초조한지 끊었던 담배를 다시 피워 물었다.

— 정치하는 사람들이 와? 언론하고 싸워서는 안 되는지 내 인자 알았다. 다
　른 사람들은 돌다리도 두들기며 갈 때 나는 겁도 없이 마구 뛰고 달렸으니
　까 이런 사단이 안 날래야 안 날 수가 있었겠나?

— 국민들은 가깝고도 먼 대통령을 원한다 아입니까. 당신은 너무 사람들 가
　까이 갔어예.

— 이게 다 군사정권 때문이다. 그 사람들하고 싸울라 하면 고집도 있어야

했고 말도 좀 빡세게 해야 했다 아이가? 그기 습관이 되어서 그랬던 것
같다.

—핑계를 둘러대기는. 당신처럼 남의 말 안 듣고 남의 눈치 안 보고 뱃속 편
하게 살아온 사람 있으면 한번 나와 보라 하이소!

—말실수가 이렇게 크게 문제가 될 줄은 정말 몰랐다.

—언론이 당신 말을 앞뒤 다 짤라 먹고 이상한 말만 골라 꼬투리 잡을 때마
다 제가 안 그랬습니까, 항시 그 입 좀 조심하시라고 예.

—그래, 그냥 듣기만 하고 말하는 것도 자제했어야 했는데….

—지금이라도 알았으니 다행입니다.

—후보시절이나 청와대에 들어와서 말에 신경을 좀 써야 했었는데….

—고만하이소. 다 지난 이야깁니다.

23

안갯속의 그림자

국방부 지하 벙커에서는 한 무리 군인들이 모여 한창 무슨 대책회의를 하고 있는 중이었다. 군의 지휘관들이 모여 무슨 중대한 결론이라도 내린 듯 비장한 표정들이었다.

저마다 고개를 끄덕이면서 자리에서 일어나 삼삼오오 흩어졌다. 그들이 머문 자리에는 야전에서의 포연처럼 뿌얀 담배연기가 자욱했다.

군 병력이 기습적으로 새벽 야음을 틈타 청와대와 총리공관을 점거해 나가는 분주한 움직임들이 포착되었다. 같은 시각 주요 방송국에도 군 병력이 입구를 장악하고 인력을 통제하기 위해 신속히 건물 안으로 진입해 들어가고 있었다.

주요 신문사도 이미 장악되었다. 편집국장실과 데스크는 군복을 입고 수첩을 든 군인들이 들락거리고 기자들에게 무언가를 지시하고 있었다. 국방부 건물도 점거되고 정문 앞에는 탱크가 서고 병력이 신속히 배치되었다. 마침내 새벽 미명하에 총리 공관에는 기존 총리실 간판이 내려지고

'공안질서유지위원회'라는 간판이 내 걸렸다.

새벽 6시 정각이 되자 총리공관 안에 급조한 듯 보이는 기자회견실 안으로 새까만 선글라스를 낀 군인이 입장해 마이크 앞에 섰다. 군복 완장에는 별이 3개가 달렸고 이름표에는 김지웅이라고 쓰여 있다. 그는 간간이 이빨을 가는 듯한 기분 나쁜 미소를 지었다. 그는 천천히 담화문을 읽어 내려갔다.

— 다 아시다시피 그동안 이성을 잃은 시위대가 난동을 부리는 바람에 우리 사회는 일상생활을 영위할 수조차 없는 무법상태가 되었습니다. 금번 경찰력만으로는 정상적인 치안유지가 불가능하다는 판단하에 군이 나설 수밖에 없었음을 국민들께서는 양해해 주시리라 생각합니다.

새벽시간 국민들이 시청하는 TV에는 화염병을 던지며 돌격하고 전경이 밀리는 모습이 방영되고 있었다.

— 공안질서유지위원회는 금일 새벽 6시부터 전국에 비상계엄령을 발동함과 동시에 향후 국내 치안은 질서가 유지될 때까지 군이 통제해 나갈 것이며 군은 앞으로 질서유지와 사회개혁을 추진해 나가겠습니다.

탱크가 거리를 점령해서 사람들이 체포되는 모습, 공안질서유지위원회 간판이 걸리는 영상이 되풀이되면서 방송을 지켜보는 사람들은 혼란스러움에 빠졌다.

—탄핵정국으로 한 달 뒤로 연기되었던 국회의원 선거도 향후 정국이 안정
　되었다고 판단될 때 대통령 선거와 동시에 치르게 될 것입니다. 새로운 대
　통령을 선출하기 위한 국민투표와 총선을 통해 평화적인 정권이 들어서
　서 통치를 하기 전까지 향후 1년 정도 공안질서유지위원회가 본연의 업
　무를 성실히 수행해 나갈 것입니다.

　동원한 기자들의 플래시가 터지고 담화문발표장면은 전국으로 방송되
고 있었다.
　대낮의 부산역 광장, 계엄군의 탱크가 들어서자 시위대는 사방으로 흩
어졌다. 이때 유독 시위대 중 한 명이 탱크 앞에 버티고 서서 큰 소리로 외
치고 있었다.

　—군인들은 즉각 물러가라! 물러가라!

　거리에는 최루탄으로 뽀얀 포연이 날리고 광장에는 벽돌 깨어진 조각
들이 난무했다. 도망하는 시위대를 나무곤봉을 가진 군인들이 쫓아가 내
려치자 외마디 소리를 지르며 쓰러졌다.
　혼자 탱크 앞에 버티고 선 시위대원 양옆으로는 저격수들이 버티고 서
있다. 탱크에서 마이크소리가 흘러나왔다.

　—지금 이 시각부터 시위대는 인간이 아니다! 사회의 질서를 어지럽히는 시
　위대는 인간이 아니라 우리의 적이다!

그래도 시위대원은 계속 구호를 외치며 맞선다.

— 군인은 즉각 물러가라! 물러가라!

이어지는 마이크 소리. 이번에는 엄중하고 단호했다.

— 다시 한 번 더 경고한다. 시위대는 인간이 아니다, 우리의 적이다! 적은 죽
여도 좋다. 적에게는 무차별 사살로 보응한다!

아랑곳하지 않고 탱크 앞 시위대원은 오른손을 허공에 들어 올리며 계
속 구호를 외치고 있다. 무슨 일이 일어날 것만 같은 일촉즉발의 순간이
었다. 다시 마이크에서 소리가 흘러나왔다.

— 다시 한 번 경고한다! 탱크 앞에서 물러나라! 하나, 둘, 셋 셀 때까지 시간
을 주겠다.

그때까지도 시위대원은 그대로 버티고 서 있었다. 마이크에서는 카운
트다운이 시작되었다.

— 하-나! 두-울! 세-에-엣!

카운트가 끝나자마자 바로 불을 품는 총구. 혼자 버티고 서 있던 시위
대원은 무참히 피를 뿌리며 쓰러졌다. 멀리서 이 광경을 지켜보던 사람

들은 기겁을 하며 멀리 도망을 쳤다. 탱크는 유유자적하며 거리를 누볐고 군 병력이 그 뒤를 따라 이동했다. 이제 도심은 완전히 군이 장악했다.

정치혼란을 야기하고 군부의 등장에 비협조적이었다는 이유로 여당과 야당의 당 대표를 포함한 정치인에 대한 검거령이 내려졌다.

그 시각 탄핵을 주도했던 민국당 대표 영철과 대통령 탄핵을 막으려 했던 열민당의 대표 순구가 각자의 집에서 잠옷 차림으로 체포되어 포승줄에 묶인 채 차로 호송되었다. 잡혀가며 소리를 지르는 영철과 순구의 모습이 보도되었다. 끌려나가던 영철은 큰 소리로 외쳤다.

― 이-놈들아! 누가 너희들한테 이런 권한을 주었느냐! 이놈들아! 이놈들을~~.

이들은 모두 연행의 불법을 주장해 보았지만 아무런 소용이 없었다.

버스 한 대가 고속도로를 달려가고 있었다. 차창을 통해 철중과 희숙의 모습이 보였다. 철중 내외는 청와대에서 자신들의 짐을 싸서 먼저 짐차로 내려보낸 후 평소 자신을 경호하던 경호원과 군인들의 보호하에 리무진 버스를 타고 고향을 향해 내려가고 있는 중이었다. 수심과 자책감으로 가득 찬 철중은 호송 군인과 대화를 나누고 있었다.

― 자네들, 어디까지 따라올 참인가?
― 가시는 고향 시골집까지 안전하게 모시라는 상부의 지시입니다. 당분

간 다른 지시가 있을 때까지 저희들도 그곳에서 내외분을 보호하며 지낼 겁니다.

— 누가 자네들을 그러라고 했나?

— 죄송하지만 그것까지는 말씀드릴 수가 없습니다.

희숙은 철중더러 그만하라는 시늉을 했다.

— 여보, 저 사람들이 무슨 이야기를 할 수 있겠십니꺼?

버스는 경부고속도로, 남해고속도로 진영 IC를 나와 고향 봉황마을로 들어서고 있었다. 마을 어귀에 드넓게 펼쳐진 논과 봉황산과 그 맞은 편 개구리 산이 보였다.

— 없이 살아도 차라리 그때가 좋았다.

— 뭐가 말입니꺼?

— 아이다.

철중은 잠시 무슨 생각에 잠겼다가 희숙에게 말했다.

— 요즘도 옛날처럼 집 앞 논배미까지 잉어도 올라오고 논 오리가 날아다닐까?

— 다 옛날 말입니다. 지금은 농약을 해서 그런 기 어데 있겠습니까!

— 그래! 마이 변했겠지….

철중은 희숙을 보며 손짓으로 가리켰다.

— 당신 살던 집이 저~기 있었는데 지금은 헐리고 마을회관이 들어섰다.
— 세상 다 변하는 게 이치 아입니꺼. 당신도 인자 변해야만 삽니더. 알겠지
  예? 인자 우리끼리 오붓하게 살아 보입시더.
— 내 차라리 대통령 하지 않았으면 좋았을 긴데, 내야 정치를 하고 싶어 이
  똥 밭에 뛰어든 것이지만 아무것도 모르는 내 주변의 순진한 사람들을 다
  감옥에 보내고…. 군인들까지 불러들였으니 내가 대역죄인인 기라.
— 와 자꾸만 그런 약한 소리를 합니까. 우리한테는 세월이 있다 아입니까.
  하나님 같은 세월이. 세월은 모든 시시한 것들을 다 이길 깁니다. 그냥 꾹
  참고 사입시다.

마침 시골집에 도착하여 철중 내외가 집 안으로 들어가고 밖에는 군인
들이 지키고 서 있었다. 대통령의 하야를 슬퍼하기라도 하는 듯 천지를
붉게 물들이면서 쓰러져 가는 고향집 앞산의 노을이 장엄했다.

잠시 후 철중은 평상복으로 갈아입고 나와 군인들에게 오늘은 시간이
늦어 거처를 구할 시간도 없으니까 집 안으로 들어와서 눈이라도 좀 붙이
라고 권유하자 군인들도 철중을 따라서 함께 들어갔다.

서울의 밤거리는 밤 12시 정각이 되자 사이렌이 울려 퍼졌고 새벽 4시
까지 통행금지를 알렸다. 바삐 몸을 피하는 사람들의 모습과 어떤 사람들
은 군인들에게 연행당하는 삼엄한 밤거리의 풍경이었다.

각 신문사와 방송국에 검열이 실시되었다. 편집국에서 원고를 사전 검

열하는 군인과 방송국 내부에서도 군인들이 나갈 방송내용에 대해 일일이 검열하고 있었다.

같은 시각 미국 LA, 철중 딸의 자택. 수사기관이 철중의 딸을 조사하기 위해 여러 차례 집 주변을 사람들을 시켜 수사를 시도하자 당황하고 놀라서 이웃집으로 피신하는 철중의 딸과 손주들의 모습이 보였다.

봉황마을 철중의 자택에서는 전 청와대 총무비서관이 내려왔다가 입구에서 군인의 제지를 받고 들어가지 못한 채 승강이를 벌이고 있었다. 밖이 소란스러워지자 철중이 나와 총무비서관을 집 안으로 데리고 들어갔다.

집 안에 들어온 정 비서관은 철중에게 인사를 하고 잠시 이야기를 나누다가 곧바로 희숙을 만나 무슨 긴한 이야기를 하는지 머리를 맞댄 채 이야기를 나누고 있었다. 이를 수상히 바라보던 철중은 직감적으로 뭔가 안 좋은 일이 생긴 것으로 판단하고 희숙에게 다그쳐 물었다.

― 무슨 일이고? 내가 알면 안 되는 일이가?
― 별일 아입니다!

철중은 희숙이 잡아떼자 이번에는 정 비서관을 보며 물었다.

― 정 비서관! 무슨 일이 생긴 거지요?

정 비서관은 차마 말을 잇지 못하고 주저하고 있다.

─그게….

철중은 화가 났다.

─모두 다 벙어리들이가! 내 말이 안 들리나, 무슨 일이고 말이다!

희숙이 마지못해 조심조심 입을 열었다.

─미국에 있는 딸이 살림이 어려워서 안 회장님이 10억을 빌려주셨는데 그
   걸 가지고 뇌물이라고 문제를 삼는 모양입니다.
─뭐라!? 내도 모르게? 10어억~!

다음 날 저녁, 정 비서관은 다른 건으로 검찰청에 출두해 밤늦게까지
수사관의 조사를 받고 있었다. 조사실 창을 때리는 굵은 빗방울 소리가
요란스러웠다.

─당신이 혼자 한 일이라는 걸 누가 믿어? 대통령이 시킨 거 맞잖아!
─정말, 대통령은 모르는 일입니다! 자꾸 그래도 소용없습니다, 그분은 진짜
   모릅니다.
─당신 통장에 13억 원은 도대체 어떻게 된 거야?
─대통령 판공비로 나오는 돈을 안 쓰고 조금씩 모아 둔 것입니다.
─대통령하고 공모해서 빼돌린 거 맞잖아.
─공모는 무슨?

— 대통령도 모르게 혼자 보관하고 있다는 거가 말이 된다고 생각하나 지금?

— 대통령님이 퇴임하고 나서 연금으로는 생활이 안 될 것으로 생각했습니다. 따로 돈을 모아 두는 분도 아니고. 퇴임 후에 많은 손님들도 맞아야 할 것이고 그래서 내가 퇴임 후 대통령의 생활을 위해 모아 둔 것입니다. 참.말.입니다.

— 퇴임 후에? 당신이 왜?

— 퇴임을 하시더라도 내가 대통령 고향으로 함께 내려가서 끝까지 그분을 모실라고 했던 겁니다.

— 대통령도 모르게 총무비서관이 혼자 몇 년씩이나 돈을 모아 놓았다는 것이 말이나 되는 소리요?

— 정말 그분은 모르는 내용입니다.

대통령 철중에 대한 친인척 비리 관련 수사내용들이 줄줄이 보도되었다. TV 모니터에서는 형님, 조카사위, 딸이 검찰에 나가 조사를 받는 모습이 순차적으로 나왔다.

물론 자막에는 형님, 조카사위, 딸이라는 자막이 깔렸다. 철중은 TV 스크린을 통해 형님이 뇌물을 수수했다는 명목으로 구속되는 모습을 말없이 지켜보고 있었다.

이어서 후원자 안 회장이 뇌물제공죄로 잡혀가고, 정 비서관이 구속되는 모습도 나왔다. 전직 대통령의 이런 비리로 인해 어쩔 수 없이 군사 쿠데타가 일어났다고 선전하는 것처럼 들렸다.

철중이 내려와 있는 봉황마을은 밤의 정적에 휩싸였다. 철중은 모니터 앞을 떠나지 못하고 한동안 앉아 있다가 자리에서 일어나 방을 이리저리 걸어 다녔다.

—다 내 탓이다. 아내가 안 회장한테 딸 아파트 구입자금 10억을 빌렸다고
  하지만 세상에 누가 그걸 곧이곧대로 믿겠노? 머슴아가 쪼잔하게 지가
  살라고 돈 받고 마누라한테 뒤집어씌운 못난 사내놈으로 이야기할 거 아
  이가.

다시 소파에 앉아 TV를 응시하자 이번에는 봉황마을 안마당에서 무슨
죄수처럼 나와 서성이는 자신의 모습이 나왔다. 연이어서 재임 중 철중이
안 회장으로부터 생일선물로 받았다는 일억 원짜리 스위스 명품시계가
보도되고 있었다.
지켜보던 철중은 어이가 없었다.

—저건 또 무신 이야기고? 보도 듣도 못한 명품시계라니? 나를 시정잡배 만
  드는 것도 모자라 인자는 아예 파렴치 잡범으로 만들기까지 하는 기가?
  이래가지고 앞으로 내가 어찌 이 땅에서 머리를 들고 살아갈 수 있겠노?

철중은 한숨도 못 자고 뜬눈으로 밤을 지새운 뒤 아침을 맞았다. 부엉
이바위에 카메라가 설치되어 철중의 동정 하나하나가 촬영되고 있었다.
밖으로 나가지도 못하고 집 안에만 있어야 하는 철중과 희숙은 답답한 자
신들의 처지를 한탄했다.

—우리가 우짜다 이리 되었노? 고졸출신인 내가 대통령이 되어 이 나라에

희망이라고 다들 국민들이 그렇게 좋아했는데….

철중이 당선되어 환영하는 인파들의 모습이 떠올랐다.

— 정치는 아무나 하는 기 아닌 모양입니다. 뒷심이 있어야 하고 여기저기
　서 방패막이가 되어 줄 사람들이 많아야 하는 건데. 당신이 그냥 변호
　사만 했어도 지금쯤 아이들과 손주들하고 얼마나 재미있게 살고 있겠
　습니꺼?
— 그래 말이다. 인자서 후회가 된다. 나는 머리가 와 이리 나쁘노? 꼭 겪어서
　쓴맛을 봐야 아니까….
— 당신은 얼마만큼 말을 안 듣는 사람인지 알겠지요? 지나간 것은 어찌할
　수가 없고 인자부터라도 내 말 좀 들으소, 알겠십니꺼?
— 알았다. 지금 그 소리 하면 뭐 하겠노? 그라고 낮에 마당에 나가지 마라.
— 와 예?
— 마당 안 모습까지 다 촬영되고 있는 기라. 인자는 사생활도 없다. 텔레비
　전 보니까 내가 잠옷을 입고 마루에 앉아 있는 처량한 모습이 나오더라,
　국민들이 보고 얼매나 실망하겠노?
— 고향에 내려와도 감옥이네 예….

　죄수복을 입고 대우조선사건 때 감옥에 갇힌 자신의 모습이 다시 환영
처럼 떠오르자 철중은 괴로웠다.

— 내 이리될지는 몰랐다. 갈수록 태산이다.

— 차라리 청와대 탄핵시절이 그립네요.

두 사람은 탄핵시절 청와대에서 한복 입고 뜰을 거닐던 모습을 떠올렸다. 그들에게는 오히려 탄핵결정을 기다리는 시간들이 결혼생활 중 유일하게 두 사람이 한가하게 함께한 시간들이었다.

— 이거 어디 마음 놓고 하늘 한 조각을 볼 수 있겠나? 사람이 먼 산도 한번
볼 수 없으니 감옥이 아이라 차라리 생지옥이다, 지옥!
— 마음 독하게 먹으이소.
— 하 참, 그리고 지금이 어느 땐데 다시 군인들이 설치나? 지금이 어느
때고?
— 그기 뭐 때가 있습니까? 군인들이 언제는 나온다고 이야기하고 나옵니
까? 그건 그렇고 내일 대검찰청에 참고인 진술에 나갈 낍니까?
— 인자 내가 무슨 힘이 있노? 오라면 오고 가라면 가야 안 되겠나?

이때 미국에 있는 딸이 귀국하여 사저로 들어서자 아내가 나가서 반가이 맞았다.

다시 날이 새고 봉황마을 대통령 사저 앞에는 기자들이 집 앞에 진을 치고 있었다. 서울 대검찰청에 참고인 자격으로 소환된 철중이 떠나는 모습을 보기 위해서였다. 기자들은 철중이 집 밖으로 나오자 포토라인에 세우고 연방 플래시를 터트렸다. 철중은 언제나 당당한 것이 그의 전부였지만 지금은 그것들이 모두 짓밟혀진 것이나 다름이 없었다.

― 한 말씀 해 주시죠.

― 면목이 없습니다. 송구스러워서 무슨 말을 해야 좋을지 모르겠습니다. 잘
  다녀오겠습니다.

철중은 리무진 버스에 올라 서울로 출발하기 시작했다. 이때 경찰 사이
드카의 도움을 받으며 철중을 태운 차가 경부고속도로를 타고 서울로 올
라가는 모습이 전국으로 방송되었다. 대검찰청 10층에서 철중이 검찰로부
터 조사를 받는 모습이 창문을 통해 카메라에 잡혔다.

철중은 장시간의 조사를 마치고 새벽시간 집으로 귀가하였으나 피곤함에
도 새벽까지 잠을 이루지 못했다. 그는 거실에서 담배 한 개비를 피워 물었다.

― 내가 죽어야 한다. 사람들이 나를 다 밀어서 대통령까지 만들어 주었는데
  이제는 뇌물을 먹은 부정한 사람으로 낙인이 찍혀 나로 인해 욕을 먹고 있
  다. 인자 나를 잊어야 한다. 내를 잊어라, 이 사람들아~.

무슨 생각을 했는지 철중은 컴퓨터에 앉아 공안질서 위원장 앞으로 청
원서를 썼다.

― 모든 것이 내 책임입니다. 죄 없는 내 주변 사람들을 조사해서 구속시킬
  것이 아니라 저를 피의자로 불러 조사해 주십시오. 어느 것이 옳은지 그른
  지 따질 수 있게 해 주십시오. 그리고 증거를 가지고 이야기합시다. 증거
  를 가지고. 한 사람의 인간으로서 사정합니다.

서신의 말미에 '2004.5.21.'이라고 날짜를 적고 '전직 대통령 강철중'이라고 적었다가 지우고 다시 '강철중'이라고만 썼다. 한참 뒤 다시 고개를 가로저었다. 다시 쓴 종이를 찢어 휴지통에 구겨서 던졌다.

철중은 책상에 앉아 무언가를 골똘히 생각하고 있었다.

— 끝까지 싸워야 한다. 나를 지지해 준 사람들을 위해서라도 끝까지 버텨야 한다.

그러다가 다시 고개를 옆으로 흔들며 부인했다.

— 아이다. 이제 다 소용없다. 포기하자. 죽음으로 결백을 보여주자. 그래, 사라져야 한다.

다시 입술을 깨물며 부정에 부정을 거듭했다.

— 아이다. 이렇게 갈 수는 없다. 끝까지 싸워야 한다.

뒷짐을 지고 고개를 숙인 채 방 안을 이리저리 돌아다녔다. 지리한 밤은 가고 다시 새벽이 밝았다.

철중은 단정하게 양복으로 갈아입고 컴퓨터 앞에 앉아 전원을 켰다. 작심한 듯 자판을 두드려 나갔다. 철중의 등 너머로 모니터에 자판 글씨가 한 줄씩 올라갔다.

—너무 많은 사람들에게 신세를 졌다.

나로 말미암아 여러 사람이 받은 고통이 너무 크다.

앞으로 받을 고통도 헤아릴 수가 없다.

여생도 남에게 짐이 될 일밖에 없다.

건강이 좋지 않아서 아무것도 할 수가 없다.

책을 읽을 수도 글을 쓸 수도 없다.

너무 슬퍼하지 마라.

삶과 죽음이 모두 자연의 한 조각 아니겠는가?

미안해하지 마라.

누구도 원망하지 마라.

운명이다.

화장해라.

그리고 집 가까운 곳에 아주 작은 비석 하나만 남겨라.

오래된 생각이다.

　자판을 다 두드리고 난 다음, 바탕화면에 쓴 글을 저장하고 자리에서 일어난다.

　철중은 아내와 딸이 잠든 방문을 살며시 열어 보았다. 철중에게 안 좋은 일이 생겨 미국에서 달려온 딸과 아내는 어제저녁 모처럼 만나 맥주잔을 기울이며 늦게까지 이야기한 터라 곤히 잠들어 있었다. 철중이 집을 나서자 경호원이 따라붙었다.

　대문 앞을 지키던 초소대원이 걸어 나오는 철중을 보자 거수경례를 붙였다.

　철중은 담장을 돌아 언덕길을 걸어 봉황산으로 향했다. 그는 정상으로 바로 올라가려고 하다가 옆길로 들어섰다. 철중은 부엉이바위로 가서 드넓게 펼쳐진 봉황 들판을 바라보며 혼자 중얼거렸다.

　― 이미 다 끝난 게임인기라….

　― 금방 저한테 뭐라 말씀을 하셨습니까?
　― 아이다, 담배 있으면 한 대만 빌려도고.

　경호원이 담배를 꺼내어 한 개비를 건넸다.

　― 여기 있습니다.

　담배 한 모금을 깊이 빨아 허공을 향해 내뿜는다. 담배연기가 날아서 허공으로 흩어진다.

　철중은 손을 가리키며 경호원에게 말했다.

　― 저어~ 위에 있는 암자에 가서 주지스님 있는가 한번 보고 오소.
　― 예, 알겠습니다.

경호원이 달려 내려가는 소리를 내며 철중의 곁에서 사라져 갔다. 경호원을 따돌린 철중은 부엉이바위에 서서 봉황마을을 보고 아내와 딸이 잠들어 있는 자신의 집을 바라보았다.

이때 청와대 숲에서는 알에서 부화한 후 덩치가 커진 부엉이 새끼가 휘파람새의 어미가 갖다 주는 먹이를 독식하고 휘파람새의 새끼들을 하나씩 발로 차서 둥지 아래로 모두 떨어뜨리기 시작했다.

철중은 그토록 애정이 가는 봉화 들녘과 개구리 산을 바라보았다. 이때 중학교를 졸업하던 때 어머니가 자신에게 충고하던 말소리가 환청으로 들려왔다.

― 철중아, 모난 돌이 정 맞는다는 말이 있다 아이가. 니는 어데 가서도 둥글둥글하게 살고, 누가 뭐하자 하면 예~ 예~ 하고 군말 없이 하거래이!

동시에 석수가 돌을 다듬으며 모가 난 부분들이 세게 내려치자 정을 맞고 사정없이 떨어져 나가는 돌조각의 모습이 환영으로 떠올랐다.

봉하 뜰과 개구리 산을 청중 삼아 철중은 일장 연설을 했다.

― 내가 바로 봉황산이다. 봉황산은 산맥이 없다. 그냥 혼자 우뚝 솟아 있을 뿐이다. 내 너거들이 원하는 기 뭔지 다 안다. 너거들은 내가 살아서 조금이라도 꿈적거리는 것도 보기가 싫은 거 아이가. 그래, 내 인자 너거들 소원을 다 들어줄게. 그라고 내가 장갑차 끌고 다닌 놈들처럼 혼자 잘 살라고 돈이나 처먹은 그런 놈이 아이라는 걸 똑똑히 알게 해 주꾸마!

봉황산이 다른 산과 연이어 달리지 못하고 혼자 외로운 산이라는 것을 알려주려는 듯, 위에서 아래로 내려다본 모습이 보였다. 아울러 산맥으로 연결되지 못하고 혼자 푸른색으로 남아 있는 봉황산의 지도상 홀로 떨어진 모습과 철중의 모습이 환영으로 나타났다.

이어서 철중이 어릴 적 빌린 돈을 갖다 주라고 심부름시킨 돈을 월숙에게 주고 어머니에게 야단맞아 부엉이바위로 피신해 와서 신세를 한탄하던 그때의 말이 다시 환청으로 들려왔다.

— 사는 일이 왜 이렇게 힘이 드노? 옳은 일을 하고도 집을 나와 밤에 혼자 서럽게 울어야만 하는 이런 것이 인생인가?

철중은 결심을 한 듯 입술을 모질게 다물었다. 그는 똑바로 서서 아래를 내려다보면서 바위 아래로 몸을 던졌다. 그의 몸은 수직으로 떨어지면서 두 번 바위에 튕기며 땅바닥으로 떨어졌다.

철중이 떨어진 자리에는 피가 낭자한 가운데 그의 육신의 형체는 알아볼 수 없을 정도로 일그러졌고 비릿한 피 냄새가 역겨웠다.

이때 양 어금니를 깨물며 선글라스를 끼고 음흉한 미소를 짓고 있는 김지웅 공안질서유지위원장의 환영이 보였다. 사람들이 다가와 피 흘리며 드러누운 철중을 향해 노란 국화 한 송이 두 송이를 던지고 가자 철중의 시신은 얼마 안 가 국화꽃에 파묻혀 버렸다.

한참 뒤 국화에 묻혀버린 철중은 마치 부활이라도 하는 것처럼 노란 국화 더미 속에서 뚜벅뚜벅 걸어서 나왔다. 정장을 한 그는 사람들을 향해 손을 흔들어 보이며 환하게 웃자 수많은 노란 셔츠를 입은 남녀노소가 달려가 그의 품에 안겼다.

이때 하늘에서는 철중이 마지막 남긴 유서가 철중의 육성으로 흘러나왔다.

— 너무 슬퍼하지 마라.

삶과 죽음이 모두 자연의 한 조각 아니겠는가?

미안해하지 마라.

누구도 원망하지 마라.

운명이다.

나는 왜 이 소설을 써야 했나

새벽에 눈을 떠서 TV를 켰을 때 밤새 폭설이 내린 보도를 하고 있었다. 전철을 타러 나갔을 때 전원공급장치의 이상으로 전철은 오지 않았다. 지각은 물론이고 오늘 출근이나 할 수 있을지 걱정이 되었다. 하는 수 없이 차를 몰아 엉금엉금 자유로에 가 닿았을 때 자유로는 그야말로 하얀 설원이었다. 가지 못한 차들이 여기저기 드러누웠고 서울로 나가는 길은 지워져 버렸다. 나는 자유로의 눈밭 속에 갇혀 버리고 말았다.

인간들이 만든 정교하고 화려하게 보이는 제도와 문명들은 눈이나 비와 같은 일기의 변화만으로도 한순간에 무용지물이 될 수 있다. 사람들은 허탕한 신화를 쌓아 올렸고 때때로 그 신화는 뿌리째 흔들려 뽑혀버리는 역사를 반복해 왔다.

평소 나 자신이 하는 짓과 몰골을 보기만 해도 인간이라는 피조물이 얼마나 불완전하고 부서지기 쉬운 물건인가 하는 것을 알겠다. 이 땅에 완전하고 영원한 것은 없다. 우리는 모두 미덥지 않은 신화에 의존해 주어진 시간을 살다 갈 뿐이다.

그런 사람들이 모여 만든 사회의 제도와 법률이라는 것도 마찬가지다. 사랑 없는 세상에서 뜻이 다른 인간들이 만나 일상을 영위하기 위해서는 국가를 만들 필요가 있었으며 그 국가는 견고한 몇 가지 약속들을 만들어 내고 지켜야만 했다.

대통령제니 내각제니 이원집정부제니 하는 권력의 형태 역시 마찬가지였고 헌법과 법률이라는 것과 그것을 지켜낼 재판소들과 교도소들도 다 그런 약속에 기초한 것들이다. 사람이 불완전하듯이 사람들이 만들어내고 지키기를 약속한 제도들 역시 허술하기 짝이 없다.

한때의 눈이 도시의 일상을 언제든지 마비시키듯이 잘못된 지도자와 어리석은 민중들은 오랜 시간을 지나 진화해 왔다고 생각하는 권력구조와 법질서를 파괴할 수 있다. 나는 파괴를 두려워하는 것이 아니다. 유한한 인간이 만드는 제도는 언제나 유한하고 좋거나 나쁜 방향으로 진화하고 때로는 중도에 소멸하기도 한다.

현재 이 시점에서 우리나라의 정부형태는 대통령제다. 대통령에게는 모든 권력서열의 정점에서 국가와 국민을 보호하기 위한 헌법을 수호할 의무가 지워져 있다. 우리는 이러한 대통령의 헌법수호의무를 헌법에 규정하고 그 의무를 위반하여 헌정질서를 파괴하였을 경우 대통령을 탄핵할 수 있다는 규정을 두어 왔지만 실제로 그 헌법이 정한 탄핵소추를 써 먹어 본 경험은 과거에는 없었다.

그러나 모든 정보가 일반 시민들에게 별 제한 없이 습득할 수 있도록 일상화된 제4의 산업혁명이라는 정보통신사회를 맞이하여 우리는 어디

서나 정보를 쉽게 얻고 얻을 수 있는 권리를 가지고 있으며, 만일 그것이 방해되었을 경우 즉각 시민들은 행동으로 돌입할 수 있다.

또 획득한 정보를 통해 정의와 형평과 인권에 부합하지 않는 그 누구의 처신에 대해서도 그 시정을 요구하고 나오는 힘을 소유하게 되었다. 이제부터 가능한 모든 사람들의 행동은 오픈되는 당당한 것이어야 하며, 권위와 특권을 행사하는 것이어서는 안 된다.

지금 이 시대 최고의 덕목은 겸손이며 유연성이다. 교만하거나 경직된 것은 시체가 되기 쉽다. 하지만 아직 이러한 미덕들은 기존의 기득권력들과 다툼을 해서 그 정당성을 확보해 가는 과정을 거쳐야 할 것이지만, 결국에는 승리하여 대명천지 밝은 세상이 오게 할 것이다.

두 번의 탄핵을 보며

정치적인 영역에서 기존의 국가질서에 따르면 아주 최근에 권력의 최정점에 있었던 서민출신 대통령이 그를 혐오하는 기득권세력에 의해 탄핵을 받고 청와대에서 일정 기간 유폐되다시피 한 일이 있었고, 또 반대로 명문가출신의 여자대통령이 권력의 정점에 머무르는 순간 부패와 권력의 남용으로 탄핵을 받고 그녀 역시 청와대에서 일정 기간 유폐되고 있는 역사를 목도하고 있다.

우리 헌정사에서 두 번 있었던 대통령에 대한 탄핵은 완전히 성격이 다른 것이었다. 노무현 대통령에 대한 탄핵은 국민들이 그 탄핵이 잘못된 탄핵이었다고 촛불을 들고 광화문 거리를 메운 것이며, 박근혜 대통령에 대한 탄핵은 국민들이 그녀가 하야해야 한다며 촛불을 들고 광화문 거리를 메운 것이다.

사람들의 말에 의하면 노무현의 탄핵은 노무현의 똥고집이 탄핵을 불러왔고, 박근혜의 탄핵은 박근혜의 무능이 탄핵을 불러왔다고들 했다.

이런 일련의 사건들을 통해 먼 구름 위 높은 사람들이나 하는 줄로만 알고 있었던 정치라는 것이 일반 시민들의 곁 아주 가까운 곳까지 내려오게 되었다. 분명 오늘날 정치는 정치가들의 전유물이 아니라 일반 시민들의 생필품과 같은 것이 되었다. 그래서 더욱 정치하기가 어려운 때가 된 것이다.

대통령과 각료들은 높은 사람들로 보이고 높은 사람들처럼 거들먹거리고 행사하지만 실상 그들은 아무것도 아닌 광대들이다. 진정 높은 사람들은 그들을 뽑아 세우고 부리고 감시하는 이 글을 쓰고 있는 나를 포함한 국민들이다.

그런데 국민들이 언제나 똑똑하고 전지전능한 것은 아니다. 신이 그들에게 신권을 부여했지만, 그들은 때로는 나태하고 부주의해서 권력을 맡긴 자들에게 배신을 당하거나 사역을 당하고 나서 후회하기도 한다.

그러다가 다시 정신을 차려 적당한 시기가 오면 그들의 충전된 힘을 통해 다시 잃었던 힘을 되찾아 오기도 하지만 또 과거의 일을 망각하기도 하는 그런 불완전한 존재다.

그래서 역사에는 비극이 늘 존재하기 마련이다. 항상 전지전능하고 기계적으로 모든 일을 규칙적으로 할 수 있다면 이 세상은 얼마나 무료한 곳일까. 그래서야 무엇을 깨우치고 배울 수 있을까.

일반인들로서도 자신에 대한 부정적인 평가 때문에 자신의 일로부터 배제된다면 참을 수 없는 치욕을 느낀다. 하물며 어려운 선거를 통해 국민들의 선택을 받은 대통령이 정해진 임기 도중에 그 직에서 물러나라는 요구를 받는 일은 어떠할까.

그것은 개인적인 섭섭함도 생각해야 하고 나라의 운명도 생각해야 하는 중차대한 일이다. 이것은 개인이 혼자 판단할 문제가 아니다. 이때의 결정은 완전히 개인적인 것이 아니라 공적인 것이어야 한다.

고뇌

나는 스스로 잘났다고 생각하는 대통령들이 국회의 탄핵소추를 받아 영혼을 바쳐 헌신한다고 생각했던 대통령직으로부터 배제되고 청와대 관저 뜰에 유폐되어 헌법재판소의 판결에 자신과 나라의 운명이 맡겨질 때 그 인간적인 고뇌가 어떤 것일까 하는 것이 궁금했다.

그것은 일반인도 궁금할 것인데 작가의 시각으로 볼 때 그것은 인간을 성찰할 수 있는 귀중한 순간이기 때문이다. 그들이 정치적인 방학을 맞아 관저 뜰을 할 일 없이 거닐며 소풍 아닌 소풍을 보내야만 하는 인간적인 고뇌와 소회를 작가의 상상력으로 그려보고 싶었다.

이것은 어떤 정치집단을 편들거나 대통령 개인에 대한 호불호를 가져서 그런 것이 아니라 같은 인간으로서 그의 마음을 느껴보고 싶었던 것이다. 한 개인으로서의 아픔도 있을 것이고 나라라고 하는 영역까지 확대된 자아의 아픔과 좌절도 있을 것이다.

어느 것이든 그것을 그리는 일은 매우 소중하고도 귀하다. 대통령이었던 그들은 세계를 누비며 정상들과 외교와 정치와 경제적인 문제를 논하기도 했을 것이고, 국내의 모든 중요한 현안들에 대해 사람들을 만나 의견을 듣고 정책적인 판단을 내렸을 것이다. 그러다가 한순간 아무것도 아닌 사람이 되어, 할 일 없이 시간을 소일할 수도 있을 것이다.

작가는 인간의 자존감이 하늘처럼 높다가 땅처럼 낮아지기도 하는 그런 순간을 그냥 놓쳐서는 안 된다고 생각했다. 그것을 표현하는 것이 작가의 소명이고 사명이라고 생각했다. 그런 위기의 순간에 처한 대통령은 작가의 훌륭한 소재가 된다.

그리고 또 하나 사람들이 잘 모르고 있는 것이 있다. 그것은 대통령에 대한 탄핵을 결정할 헌법재판소에 대한 것이다. 헌법재판소는 그 구성부터가 매우 특이하다. 그들은 법원에 재판업무를 담당해온 통상의 법관들과는 다른 배경과 조합이다. 헌법재판소 구성원은 9명인데 대통령이 3명, 대법원장이 3명, 국회에서 3명을 선출한다.

그렇게 9인으로 구성된다. 대통령에 대한 탄핵에는 국회와 헌법재판소가 합작한다. 국회가 국회의원 재적과반수가 발의하여 소추하면 탄핵발의가 되고, 국회의원 재적 3분의 2가 찬성하면 소추의결이 되어 그 탄핵심판 청구는 헌법재판소로 직행하여 최종결정을 기다리게 된다.

대통령을 탄핵해 달라는 국회의 탄핵심판청구에 대해 헌법재판소 재판관 9명 중 6명 이상이 찬성해야 대통령에 대한 탄핵심판이 인용되어 대통령을 그 직에서 물러나게 할 수가 있다. 그렇게 되면 60일 이내에 후임 대통령을 선출해야만 한다.

헌재 재판관들에 관해

헌법재판소는 그 구성 자체부터가 매우 정치적이다. 즉 행정부, 사법부, 국회에서 고른 인적구성으로 독립성과 견제와 균형을 꾀하려고 한다. 하지만 대통령이 헌법재판소 구성에 절대적인 지분을 가지고 있다. 대통령이 임명하는 3명 외에 대법원장이 임명하는 3명은 역시 대통령과 무관한 사람이 아니다.

왜냐하면, 대법원장은 국회의 동의를 얻어 대통령이 임명하기 때문이다. 그리고 국회에서 여당 몫 역시 대통령과 무관한 인물이 아니다. 이렇게 본다면 웬만해서는 대통령에 대한 탄핵은 인용되기가 어려운 보수적인 구조로 되어 있다.

대통령이나 여당에서 선출한 재판관들은 대통령이나 국회에 공이 많은 법조경력자가 지명될 것이다. 그렇게 본다면 자기를 뽑아준 자들을 무시하고 오로지 헌법과 법률, 그리고 자신의 양심에 따라 독립하여 재판하기가 쉽지만은 않다.

대통령 탄핵과 관련한 헌법재판소 심판이 형사소송법을 준용한다 하지만 매우 정치적인 판단을 하는 사법기관이라는 것도 알아야 한다. 한 나라의 헌정이 무너지지 않도록 관리해야 하는 일은 민심과도 불가분의 관계에 있음을 알 필요가 있다. 이런 헌법재판소에 대해 순수하고 완전한 법리적인 기초하에 심판해야만 한다고 믿는 것은 헌법재판소에 대해 깊이 있게 통찰하지 못한 것이다. 심판관들도 재판관이기에 앞서 먼저 사람이고 이 나라 이 땅에서 살아가는 국민의 한 사람이기도 하다.

그들은 신도 전지전능자도 아니다. 얼마나 많은 무게가 그들의 어깨에 가해질 것인가 하는 것도 궁금하다. 그리고 그들도 자기들을 뽑아준 사람들을 위해 봉사할 수도 있음을 간과해서는 안 된다.

이는 그들이 그렇다는 것이 아니라 한 인간으로서 그럴 수도 있다는 것이며 그들의 힘든 입장도 있다는 것을 말하는 것일 뿐이다. 또 자신들의 뜻을 헌법재판소 재판관들에게 모두 전가한 후 잔뜩 기대에 부풀어 있을 국민들의 마음을 살피는 일도 간단하지만은 않다.

우리는 어디로 가야 하나

역사에는 가정이 없다고들 한다. 역사는 그대로 역사이기 때문이다. 하지만 소설은 허구고 얼마든지 역사에 가정을 들이델 수 있다. 그것은 작가의 상상력에 따라 다르다.

이 글에서도 역사적인 사실에 비추어 볼 때 실제로 대통령은 탄핵이 기각되었지만, 소설에서는 탄핵이 되는 것으로 묘사했다. 당연히 대통령의 퇴진에 부당함을 느낀 국민들은 일어섰고 이에 대해 군부는 무력으로 질서를 회복한다는 빌미로 다시 정치세력의 전면에 대두하게 되었다.

그래서 다시 이 나라 민주정치는 군부독재정치로 수십 년의 역사를 거꾸로 퇴보하게 되었다. 국민소득 3만 달러 시대에 이것이 가능할까? 나의 대답은 물론 지금도 가능하다는 것이다. 그것이 인간 세상이다.

정치는 도덕군자가 하는 것이 아니다. 흔히 하는 말처럼 정치는 생물이다. 살아 움직이는 것이다. 배가 고프면 밥을 먹어야 하고 누구를 죽이고 싶도록 미우면 그를 증오하여 은밀히 가두거나 폭행을 가할 수 있는 것처럼 사람의 마음에 따라 이리저리 움직이는 것이 정치다.

그렇다면 정치판에서 안 좋은 꼴을 보고 싶지 않다면 어떻게 해야 할까. 제대로 된 정치를 바라는 국민들과 정치인들이 정신을 바짝 차려 파행으로 가지 않도록 애를 쓰고 감시해야 한다.

지금 이 시대에 목자는 없다고들 한다. 국민들 스스로가 목자가 되어야 하는 힘겨운 시대를 살고 있다고 입들을 모은다.

지금 박근혜 대통령을 탄핵하라는 촛불시위가 강세지만 헌법재판소에서 대통령에 대한 탄핵이 부결된다면 성난 민심은 다시 거리로 나와 그동안의 인내나 절제를 내팽개치고 스스로 폭도를 자처할 수도 있다. 또 반대편의 논리대로라면 헌법에 따른 헌법재판소의 기각판결에도 대통령직 복귀를 반대한다면 국가의 안녕과 질서를 위해 더 이상 묵과할 수 없는 폭도들로 규정하고 힘으로 그들을 원천 봉쇄하려고 할 것이다.

만일 그것으로도 부족하여 나라가 점점 더 시끄러워진다면 계엄을 선포하여 군인들이 나오게 되는 경우도 상상할 수 있다. 때에 따라서는 질서가 정의가 되는 시기도 있다. 그렇기 때문에 우리는 어떤 상상도 거부할 수 없다. 그것이 우리 자신들의 정체이자 한계이기도 하다.

나는 이 소설이 이 혼돈의 시기에 사람들의 궁금증을 풀어 줄 수 있는 계기가 될 것으로 믿었다. 눈이 내려 길을 지우고 동장군이 이 땅을 지배하는 겨울왕국의 한가운데서 대통령 관저 인수문 뜰 안에 갇혀 있을 이 땅의 탄핵당한 대통령들을 생각해 보았다.

그들의 포부, 좌절, 그리고 인간적인 회한을 그려보고 싶었다. 그리고 또 하나 헌법재판소의 탄생과 속성 그들의 한계도 그려보고 싶었다. 못난 정치인들로 인해 사역 당하는 재판관들의 인간적인 고뇌에 대해서도 궁금해지기 시작했다.

  역사에는 가정이 없지만, 앞으로 우리의 현실에 대한 가정은 얼마든지 가능하다. 박 대통령은 다시 살아 인수문을 걸어 나올 것인가? 아니면 새로운 정부가 세워질 것인가. 이도 저도 아니면 다시 탱크가 세종로에 나올 것인가. 이 소설은 이 모든 가능성에 대한 대답이다.

"몸이 아프면, 마음도 아프다!"

우리 집 평화와 건강을 책임지는 최고 인문건강서

동의보감과 음양오행 시선으로 오장육부를 월화수목금토일, 7개의 요일로 나누어 몸여행을 떠난다. 요일별로 오행과 장부의 특성을 익히면서 몸과 마음 다스리는 방법을 배운다. 몸의 장부를 보면, 매일매일 하는 생각의 작용을 모두 알 수 있다. 몸 중에서도 오장(간, 심, 비, 폐, 신)과 육부(담, 소장, 위장, 대장, 방광, 삼초)가 마음과 어떻게 연결되고 작용하는지 오장육부와 인문학 여행으로 자세히 탐험한다.

책 속 주인공인 Oh쌤과 다복, 얌체, 황가와 함께 허준 생가를 시작으로 동의보감과 관련된 지역을 직접 방문·체험하면서 몸속 기관의 신비로움과 역할, 기능을 하나하나 익힌다. 허준 박물관, 난타공연, 수영장과 온천, 이순신을 기린 현충사, 조령산 휴양림, 경남 산청의 동의보감촌을 여행하며 각 장부와 관련된 마음작용을 자연스럽게 접하게 된다.

"남편 때문에 힘들지 않으세요?"

부부간 조심해야 할 행동유형 지침서

알면 지킬 수 있고, 모르면 망치게 된다. 튼튼한 장막이 되어 삶의 동력이 되어야 할 내 가정과 부부관계는 어떤가. 만일 이상한 마찰음을 일으키거나 멈추어 설 그런 징표는 보이지 않는가. 이 땅에 부부의 이름으로 살다가 실패한 수백 쌍의 실패사례를 통해 성공하는 결혼으로 이끄는 비법을 배울 수 있다.

과거 다른 어떤 책에서도 찾아볼 수 없었던 소중한 수백 건의 생생한 이혼사례와 좀처럼 볼 수 없는 진귀한 결혼생활을 노래한 국내외 시인들의 재치 번뜩이는 생활 시(詩) 그리고 가족법을 전공한 법학자의 풍부한 부부생활 지식을 통해 당신의 성공적인 결혼생활을 보장한다.

STICK

이 책을 읽을
당신 과 함께
하고 싶습니다!

stickbond@naver.com

이 책을 읽은
당신 과 함께
하고 싶습니다!

가까이 있는 분가은 좋은 스틱을 응원합니다. 생각합니다. 멀리 있는 분가은 교감합니다. 가족을 사랑합니다.

사람입니다. 좋은 스틱입니다.